集韻卷之六

翰林學士兼侍讀學士朝請大夫尚書左司郎中知制誥判秘閣兼判太常禮院群牧使柱國濟陽郡開國侯食邑二千一百戶賜紫金魚袋臣丁度等奉
敕修定

上聲下

銑第二十七 穌典切 與獮通
獮[一]第二十八 息淺切
筱第二十九 先了切 與小通
小第三十 思兆切
巧第三十一 苦絞切 獨用
晧第三十二 下老切 獨用
哿第三十三 賈我切 與果通
果第三十四 古火切

馬第三十五 母下切 獨用
養第三十六 以兩切 與蕩通
蕩第三十七 待朗切
梗第三十八 古杏切 與耿靜通
耿第三十九 古幸切
靜第四十 疾郢切
迥第四十一 戶茗切 獨用
抍[三]第四十二 蒸之上聲 與等通
等第四十三 得肯切
有第四十四 云[四]九切 與厚黝通
厚第四十五 很口切
黝第四十六 於糾切
寑第四十七 七稔切 獨用
感第四十八 古禫切 與敢通
敢[五]第四十九 古覽切
琰第五十 以冉切 與忝儼通

[三] 抍

[四] 云

[五] 敢

〔二〕潔　〔三〕雉　〔四〕桄　〔五〕洒　〔六〕箱

忝第五十一他點切　儼第五十二魚檢切
豏第五十三下斬切與檻范通　檻第五十四戶黤切
范第五十五父錽切

二十七。銑蘇典切說文金之澤者一曰小鑿一曰鐘兩角謂之銑文十九　洗說文洒足也一曰潔〔二〕也通作洒　烍爆也　挄抰挄手捻物　毨筅飯帚或从先　跣說文足親地也　毴說文仲秋鳥獸毛盛〔三〕可選取以爲器用或作雉　姺　雉理也　郑國名或八邑　桄〔四〕木名爾雅桄大棗出河東猗氏縣子如雞卵　苵艸名　銑魚名　洒〔五〕肅恭皃禮一爵而色洒如　箾竹器博雅箱〔六〕謂之箾　鍌闕人名唐有竇維鍌

〔七〕鑣　〔八〕穆穆　〔一〇〕虒　〔一三〕鷊　〔一二〕〔一四〕紐〔一五〕舩　〔一六〕皃　〔一七〕搏

燹野火　鑣〔七〕小缶。扁補典切說文署也从戶冊冊者署門戶之文也一曰不圓皃亦姓　匾器之薄者曰匾榼　編絞也　緶　鯿寒衣或从匾文十六　萹　蕹艸名說文萹茿也或作蕹　穆〔八〕藊穆〔八〕豆名或作藊穆　貏〔九〕　惼性狹　惼　碥〔九〕乘石皃通作扁　糄燒稻取米曰糄　扁虒〔一〇〕薄皃　○　覵　扁庳或从卑　匾典切視皃文二　萹萹茿艸名　○　辮婢典切說文交也文十六　辮〔一一〕旋流　緶　藊〔一二〕博雅緶謂之編　〔一三〕履底或从藺　艑艑艖舟也　編　緶也　鯿〔一四〕　〔一五〕鹽也　鶣　鶣　䭾謂〔一六〕生　鶣風病　扁　鶣姓也古有扁鵲或作鶣　毹毹毧毛不理　鑣　搏〔一七〕小缶一曰紡錘　揙　也　牀　牑　簣　胼　脈隱起如辮繩　○　丏弥殄切說文不

【一八】眄 【一九】撰 【二〇】矈 【二一】娗 【二二】㒼 【二三】六 【二四】顛 【二六】「一曰便劣」 【二七】富

見也象壅蔽之形文十 眄目偏合也一曰邪視 撰【一九】博雅撰培封塗也 矊目童
子黑 矈【二〇】目旁薄緻宀宀也 芇相當也 ⿱艹丏艸名 沔淟沔水皃 眠
楚【二一】謂欺爲眠娗一曰便劣 ⿰扌㒼【二二】飾也 ○忏七典切怒也【二三】文一 ○典𥫔多殄
切說文五帝之書也从册在六上尊閣之也莊都說典大冊也一曰常也古从竹【二四】文九 敟說文
主也通作典 蕇艸名說文亭歷也 琠說文玉也 顛頫後 錪釜也 㜣
女名 䵤黑也 ○腆【二五】⿰月䉀 䐂他典切說文設膳腆腆多也或作䐂䐂或書作䐂文三十
六 娗欺慢也【二六】一曰便劣 ⿰虫敟蜘蝎蟲名青蛈也 ⿰食典貪也【二七】 奵媡奵好皃
紾垂絕皃 㙉㙉華藥艸 㙉手伸物也 ⿰耳典當【二八】也 ⿰目典明也 琠

【二九】瑱 眞 【三〇】靦䩂䩆面 【三一】歺 【三二】螾蛈 【三四】理捔 錯 【三五】瘨 【三六】旱

瑱【二九】⿰王殿玉也或从眞从殿 錪說文朝鮮謂釜曰錪一曰重也 靦【三〇】䩂䩆䩆
說文面見也引詩有靦面目或作䩂䩆䩆 㥏䁴說文青徐謂慙曰㥏或作䁴 ⿰足典 ⿰足亶
行皃或从亶 唺吐也 痶痶瘨病也 淟博雅淟忍垢濁也 倎㙉厚也
或从土通作腆 町圢畽堘町疃鹿跡一曰餉田人衆皃或作圢畽堘 蚕蟲名蚕蟺
也 ⿰言忝⿰言忝諂言不定 悿悿懘心惑 ○殄塡歺【三一】徒典切說文盡也或作塡
古作歺文十五 ⿱㐱食飻貪食爲飻或省 蜓⿰虫㐱蟲【三二】名說文蝘蜓也一曰【三三】蜓蚨蟬類【三四】从紾
爈爈爈劣皃 跈止也 典腆典堅刃皃一曰車轅束 紾角理捔也周禮老牛
之角紾而昔一曰垂絕皃 沴陵亂也莊子陰陽之氣有沴徐邈說 瘨【三五】病也詩瘨我以旱【三六】

〔三七〕偕
〔三八〕偕　〔三九〕⿰酉然　⿰酉見⿰酉然
〔四〇〕韅⿱顯革　依
〔四一〕偕
〔四二〕⿱臤黍　〔四三〕蚈
〔四四〕引　〔四五〕繭繭

抮偕〔三七〕也婝眠婝不開通皃○撚抩乃殄切說文執也一曰蹂也或从〔三八〕典文八
跈跉趁蹈也逐也或作跉趁涊淟涊垢濁抮廣雅偕〔三九〕也⿰酉然⿰酉見⿰酉然少色
○⿰木盡子殄切博雅盝⿰木盡盂也文〔四〇〕一○顯㬎呼典切說文頭明飾也一曰著也光
也亦姓古作㬎文十四韅⿱顯革說文箸腋鞥也一曰在背曰韅〔四一〕或从顯蜆⿱顯虫小蛤
或从顯⿰㬎刂⿰金㬎削也或从金抮⿰扌㬎偕〔四二〕也或作⿰扌㬎憲興盛皃詩憲憲令德
晛日見也灦灦渙水皃⿰忄然意難也○⿱宀堅牽典切不動也文七貇
齧也⿱臤齒⿱臤齒齗齒露皃⿱臤黍⿱臤黍〔四二〕博雅⿱臤黍也或作緊⿱臤虫〔四三〕蟲名蟺也掔
說文牛很不从〔四四〕牽也一曰大皃○繭繭絸吉典切說文蠶衣〔四六〕从糸从虫芇聲或作繭古

集韻上聲六

〔四七〕⿱秉开
〔四八〕頣
〔四九〕頣
〔五〇〕現
〔五一〕涂
〔五二〕磬
〔五四〕縝

集韻上聲六　四

作絸俗作蠒非是文二十五⿱艹㒼艸名紫綦〔四七〕也涀小溝鳽鵁鶄〔四八〕鳥名子鳽也
襺說文袍衣也以絮曰襺以縕曰袍挸⿰扌繭博雅拭也或作⿰扌繭黬黑皺也
趼⿰繭攴胝也一曰足指約中斷傷爲趼或作⿰繭攴⿱干秉⿱秉开〔四八〕秆稘說文小束也或
作⿱秉开秆稘垷塗也筧梘通水器或从木豣獸名爾雅麠絕有力者頣〔四九〕
頰後搴艸名藅也⿰扌繭棧也硯濡石○現峴〔五〇〕胡典切山名一曰山小而
險一曰嶺上平或作峴文二十一垷說〔五一〕文塗也⿰忄然⿰忄然意難也俔譬喻也一
曰磬〔五二〕也誢諍語哯⿰口开說文不歐而吐或从开晛日氣一曰明皃睍
說文出〔五三〕目也一曰好視筧竹名臔博雅臔臔肥也一曰肉急黬黑皺也⿰糸頁〔五四〕

〔五六〕蜥

〔五八〕張曰見

〔五九〕犬

〔六〇〕軌

綴也蜆蟲名說文縊女也鋧銑〔五五〕鋧小鑿也俔限也嫢細要也現

石之次玉者礥堅也娊女字○蝘䗂於殄切蟲名說文在壁曰蝘蜓在艸

曰蜥〔五六〕易或从蚰文十五躽曲身也㰶大呼用力也𥈲䁞說文目相戲也

引詩𥈲婉之求一曰仰視或作䁞嬿嬿婉安順皃醼合飲也宴燕爾雅

宴宴居息也或作燕𨞄闕人名春秋傳有敬仲曾孫𨞄愝愝惼性狹𨃅行跡𣅀

安也偃〔五七〕仰也○齞研峴切說文張〔五八〕口齒見文一○犬苦泫切說文狗之有

縣蹏者也象形孔子曰視大〔五九〕之字如畫狗也文二畎畎戎西戎之種通作犬○旋

信犬切鍾縣謂之旋李軌〔六〇〕說文一○蜎於泫切井中小蟲文二䭘飫也○𡿨

〔六三〕閟

〔六四〕縛

甽畎古泫切說文水小流也周禮匠人爲溝洫耜〔六一〕廣五寸二耜爲耦一耦之伐廣尺深尺謂之

く倍く謂之遂倍遂曰溝倍溝曰洫倍洫曰巜古从田川篆从田犬聲六畎爲一畝文十六汱

水落皃狷獧有所不爲也或作獧埍說文徒隸所居一曰女牢一曰亭部詃

誘也詐也罥羂絹䍥挂也或作羂絹䍥擐繫也琄玉皃𣶒淖耕

也呟聲也○泫胡犬切說文湝流也上黨有泫氏縣文二十八汱水落皃

鉉說文舉鼎也易〔六二〕謂之鉉禮謂之鼏琄珮玉皃通作鞙閔〔六三〕說文試力士錘也

罥絹挂也或作絹鞙𩊲大車縛〔六四〕軛靼也或从玄䡅𩊠輴車弓也或

从革从肙繯說文絡也埍徒隸所居一曰女牢一曰亭部𨸟博雅坑也䁅

〔六六〕爓

〔一〕獮獮獮

說文盧童子也　馬 馬一歲　眩 僨也　旬 目搖　炫〔六五〕說文爓〔六六〕燿也　昫

甾 田平均也或作甾　虤 虎怒皃　贙 說文分別也从虤對争貝也一曰獸名出

西海大秦國似狗多力獷惡　駽 爾雅馬青驪者　鋗 玉聲　霐 露皃　㫥 水流皃

二十八○獮〔一〕獮省獮 息淺切說文秋田也或作獮省獮文二十五　禒

禰 說文宗廟之田也或作禰　尟鮮〔二〕尠鱻仙 說文是少也尟俱存也从是少

賈侍中說或作鮮尠鱻仙　燹⿰火爾 野火或作⿰火爾　⿰木鮮 木名　廯 博雅囷倉也　癬

⿸疒徙 說文乾瘍也或作⿸疒徙　蘚 垣衣一曰白艸名　⿱竹鮮 博雅⿱竹鮮籍也　⿰虫鮮 蚰屬

⿰山鮮 小山別大山曰⿰山鮮通作鮮　⿰氵鮮 水也　⿰忄鮮 慚也　⿰王璽 玉名　⿱璽女 女字○

〔三〕翻

〔四〕矢

〔五〕𠝣

〔七〕啇

〔八〕褓

淺⿰氵遷 此演切說文不深也或作⿰氵遷文五　跣 足親地也書若跣弗視地徐邈說　⿰扌刂

斷也⿰扌刂肺脊以祭徐邈說　諓 言淺也○翦翻〔三〕 子淺切〔四〕說文羽生也一曰矢羽古作

翻文二十七　前〔五〕𠝣 說文齊斷也或作𠝣𠝣俗作剪非是　揃擶 〔六〕說文搣也一曰擇也

或从翦　戩戒 說文滅也引詩實始戩商〔七〕爾雅履戩福也或作戒　錢 說文銚也古田

器引詩庤乃錢鎛　⿰王前 玉名　劗 剃髮　諓 諓諓淺薄皃一曰巧言也一曰善也　媊

明星也一說太白妻曰女媊　鬋 說文女鬢垂皃　帴 帬也⿰衤宂〔八〕也狹也　⿰言煎 語煩　葥

艸名王彗也　箭 竹名　⿱竹進 竹名　籛 姓也一曰竹名　戔 少意　湔 水名

在蜀郡　⿰言翦俴 淺也史記能薄而材⿰言翦或作俴　⿰犭戔 博雅⿰犭戔武也　煎 減也　孨

〔一〇〕綫
〔一一〕小
〔一三〕帴
〔一四〕遣　辵
〔一五〕具
〔一六〕⿱雋鬲

譾也○綫〔一〇〕似淺切博雅綫綫緩也文一○踐跈在演切說文履也一曰列也或作跈文十三俴衜說文迹也或从行⿰阝戔說文水〔一一〕阜也俴說文淺也餞送去食也諓說文善言也一曰諓也一曰淺薄皃⿸疒戔廣雅⿸疒戔⿸疒戔蚌也錢〔一二〕田器帴戔狹也周禮革自隱者先裂則是以博爲帴〔一三〕或省淺滅也書寅淺納日馬融讀通作餞○選撰須兗切說文遣〔一四〕也从辵巽巽遣之一曰擇也或从手文十一⿱罒巽⿱罒𨇡⿱罒豆說文网也引逸周書不卵不⿱罒巽以成鳥獸⿱罒巽者⿱罒巽獸足也故或从足亦作⿱罒豆籑竹名算數也⿰羊巽字林未晬羊覞見也僎具也顨選其〔一五〕也○臇熼子兗切說文臛也或作熼文十一⿰火雋火皃⿰雋刂斷齊也鐫博雅鑿也⿱雋鬲〔一六〕

〔一七〕肉
〔一九〕慱
〔二〇〕姿
〔二一〕綫
〔二二〕炊

說文蟲食也雋肥〔一七〕也儁㑺具也或省蕊華聚皃⿰雋刂裁也○雋〔一八〕粗兗切說文肥肉也从弓所以射隹長沙有下雋縣亦姓文十一抁揣也吮⿰舌允說文欶也或从舌〔一九〕⿸疒雋廣雅⿸疒雋⿸疒戔蚌也⿱艹雋蔔⿱艹雋菜名巂酅地名在齊或从邑慱爾雅博慱憂也郭璞讀阭高也一曰地名⿱雋虫蟲食創也○⿰亻然矢善切意膬也一曰意急而懼一曰戁也文三⿰女然恣〔二〇〕也亦姓⿰目亶視面色變也○闡齒善切說文開也引易闡幽文十六幝說文車弊皃引詩檀車幝幝綫〔二一〕說文偏緩也繟說文帶緩也嘽單聲緩也或省譂妄言燀說文炊〔二二〕也引春秋傳燀之以薪⿰黃單廣雅⿰黃單⿰黃單黃也灛水名爾雅汝爲灛僤⿰阝單地名在魯或作⿰阝單通作闡墠

〔二三〕鑯　〔二四〕惕　〔二五〕繟

〔二六〕䁔　〔二七〕瞻　〔二八〕丕

〔二九〕犗

〔三二〕僐　〔三三〕搓

寬也老子墠然而善謀河上公讀通作繟　鏈　博雅鑯〔二三〕謂之鏈　憚　慢傷〔二四〕　繟〔二五〕　大寬也　○䁔〔二六〕　旨善切耳門也文二十七　瞻　䁔〔二七〕　說文視而止〔二八〕也或从善　顫　說文倨視人也　嫸　說文好技格人語也一曰靳也　戩　戩戩武也　鐥　剸　說文伐擊〔二九〕也或从刀　剸　博雅〔三〇〕剸攻揭也　儃　儃　倮也或从人　顫　首動皃　皽　博雅皽皽皮寬也　檀　束也　樿　說文木〔三一〕可以爲櫛杓　樿　木名一曰木瘤也　燀　炊也　饘　飦　糜也或作飦〔三二〕　禪　露也　戩　爾雅福也　醰　酒苦謂之醰　醆　栝也　撣　排急也　僐　作姿也　㦮　賊也周書㦮㦮巧言　搓〔三三〕　引也　○譱　善　墡　上演切說文吉也或省隸作善亦作墡文二十五　膳　說文具食也　饍

〔三四〕鄯　〔三五〕䴻

〔三七〕宛　〔三八〕夗　〔三九〕椒　〔四〇〕蹨　〔四一〕僯燃

〔四二〕茍　〔四三〕染

僐　說文作姿也或作僐　單　單父縣名亦姓　墠　壇　說文野土也一曰除地祭處或作壇　墡　磰　白土也或从石　鄯〔三四〕　鄯善西胡國名　䴻〔三五〕　䴻麯屑新麥爲餌　鱓　說文魚名皮可爲鼓一曰蛇鱓〔三六〕黃質黑文或作䱇䱇　紾　牛角理犐　潬　灗　涴〔三七〕潬水相薄也或作灗　僤　行動皃漢書象輿婉僤顏師古說　蟺　蟮　蚰〔三八〕　說文蜑蟺也或作蟮蟺一曰土䗶　樿　木名山海經風雨之山其木多椒〔三九〕樿白理中櫛　鱔　魚名　○蹨〔四〇〕　忍善切踐也文十二　反　嬬　㜣　說文柔皮也或作嬬㜣　僯〔四一〕　燃　說文意驚也一曰意急而懼或从心　戁　懼也　熯　說文乾皃引詩我孔熯矣　嫨　敬〔四二〕也通作戁　橪　木名說文酸小棗一曰染〔四三〕也　齞　廣雅笑也　嫸　姿也亦姓　○舛　踳

[四五]夕牛

[四六]腸

[四七]肈

[四八]紘

[五二]卮

[五一]⿸卮耑⿸卮專

[五三]⿸卮專卮上

尺兖切說文對卧也从夕牛相背[四五]揚雄說[四六]舛从足春一曰錯亂文十　喘歂　說文疾息也或从欠

荈　茶晚取者名荈　⿱⺮舛　竹以貫物　揣⿰耑攴　博雅度也或从攴　⿰虫耑　蠉⿰虫耑動蟲一曰無足蟲

腨[四九]　腓也

○膞　主兖切說文切肉也文十二　⿰斷刂剸　說文截也或作剸

剬　說文斷齊也

竱　說文等也春秋國語竱本肈[四七]末

孨　說文謹也从三子一曰孤煢可矜謂之孨[五〇]

⿵門繇　說文開閉門利也一曰縷十紘[四八]

⿴囗剸　[剸]刑圂出

⿸卮耑⿸卮專　說文小卮[五一]也或从專

鱄　說文魚也

轉　無窮也太玄輇轉其道王涯說

○腨⿰足專　豎兖切說文腓腸也或作⿰足專文十九

踹　足踵也

膞⿰月叀　切肉或省

歂　口氣引也

⿸卮專[五三]　說文上小卮有耳蓋者

鄟⿰阝專　地名屬魯或从𨸏

鱄　魚名

輲輇

[五四]⿱北瓦⿰?叚　⿱北瓦⿱北夐⿰韋兗

[五五]恨

[五六]戚

[五七]⿸尸又

槫團　載柩車也或作輇槫團

萯　艸名無魚也凡水有此艸則無魚

漙⿱雨專　露皃或从雨

剬　斷齊也

吮　舐也

○耎　乳兖切說文稍前大也文三十八[五四]

⿰車叚輭軟需濡　柔也或从耎从欠亦作需濡通作耎

⿱北瓦⿱北兗⿰韋兗⿰日叚⿱北兔⿰歹力　說文柔韋也从北从皮省从夐省徐鍇曰北者反覆柔治之也夐營也或作⿱北兗⿰韋兗古作⿰日叚籀作⿱北兔⿰歹力

腝　足疾

媆　說文好皃

愞懦偄恨[五五]　選愞劣弱也或作懦偄恨

緛

⿰衣耎　說文衣戚[五六]也或从衣

⿰貝耎　小有財

⿰田耎　城下田

碝礝瑌　說文石次玉者或作礝瑌

⿰木耎　木名梬棗也似柹而小

⿱艹耎檽　說文木耳也一曰萮茈或作檽

蝡蠕　說文動也一曰狄號或作蠕

⿸尸又[五七]　博雅弱也

⿱艹渜　艸名紅藍也

⿱⺮耎　竹名

【五八】巘　【五九】褎

【六〇】巸巳　【六一】重　【六二】匧　【六三】辡

剡劀刺也或作劀𩆬〔五八〕襃〔五九〕羽獵韋絝或作襃渜濯也○棧士免
切棚也文七戔淺也孱孱陵縣名在武陵齴齒不正轏車名蛓
蟲名虥獸名虎文○撰巽鶵免切持也或省文十七譔篹述也或作篹通
作撰僎說文具也通作撰顨選具也巺〔六〇〕齊也从二巳巽選閏也
或从足鱔魚名無骨篹饌具食也或作饌僝僝見也或省鱒大魚
也詩鱒魴沈宣〔六一〕讀蕵艸名襈衣緣○巽式撰切閏也文五𥽒未晬
羊𢢼愞懦弱也匴匧〔六二〕笥也一曰盝米籔一曰竹盤或作匧○褊俾緬切說
文衣小也文七辨𢡬〔六三〕說文憂也一曰急也或作𢡬諞巧言緶輪箄也揙

【六四】黴　【六五】靼

【六六】愐　【六七】或从笱

【六八】軌

摶也惼狹意○楩婢善切木名文九𢡄博雅憂也一曰急也揙說文
摶也諞巧言扁姓也古有扁鵲牝畜母輪車也艑舟名鍽
履底○緬絤彌兗切說文微〔六四〕絲也或作絤文一十一𩋇鞆說文勒靼〔六五〕也或作鞆
愐慕䁗〔六六〕之愐愐㤶說文勉也一曰想也〔六七〕勔僶爾雅劭動勉也或作僶通作黽
偭鄉也一曰偭焉不顧皃湎䤄𨠬說文沈於酒也引周書罔敢湎于酒或作䤄𨠬
沔說文沔水出武都沮縣東狼谷東南入江一曰入夏水一曰流滿皃丏說文不見也象
壅蔽之形𢘑說文厲也一曰止也澠黽澠池縣名或作黽通作沔渳浴尸也周
禮〔六八〕大渳李軌讀媔姡也㛰矜也莊子以黃金注者㛰眠眠娗不開通皃○辨

【六九】辯　【七〇】策　【七一】瞮目　【七二】釆　【七三】止　【七四】身　【七五】彊　【七六】遾　【七七】統

平免切別也文六辯說文治也从言在辡之間辡罪人相訟也辯【六九】博雅策【七〇】辯⿱竹瓜也一曰竹簡諞巧言辯博雅憂也○辡辯邪免切說文辠人相與訟也或从言文九睘說文【七一】兒初生瞥者覵視皃鴘鷹隼二歲色赤亦姓辨別也周禮辨方正位劉昌宗讀⿰氵辡水皃釆【七二】捒別也一曰獸懸蹄⿱竹辡古書竹【七三】簡也○鴘披免切鷹隼二歲色赤文一○免美辨切釋也上也亦姓文十五娩婉娩順也㝃【七四】子免娠也勉說文【七五】强也俛俯也冕絻悗說文大夫已上冠也【七六】延垂瑬統纊古者黃帝初作冕或从糸【七七】从巾鮸說文魚名出薉邪頭國葂莬闕人名莊子有蔣閭葂或作莬戴廣雅黃也挽引也浼潣浼浼水皃或作潣

【八一】穀　【八二】襢　【八三】縳　【八六】蚩　【八八】捋　【八九】⿰革蚩　【九一】⿰牛蚩　【九三】⿰牛蚩　【九五】⿰食蚩

○㞡展知輦切說文轉也一曰誠也舒也省視也隸省文十四蹍蹍也襄【八〇】襢丹穀【八一】衣或作襢【八二】㠭說文極巧視之也輾臥而不周曰輾通作展搌博雅搌搓展極也一曰縳【八三】束也【八四】皽皮也㜊㜊奵好皃⿸展蟲⿸展虫說文蟲也或省紾蚩【八五】轉也榐木名○蒧丑展切說文敕也引春秋傳以蒧陳事一曰去貨文十六蚩說文蚩曳行也⿰亻蚩人形長皃【八六】㢟【八七】⻎蚩安步也或作⻎蚩⿰金蚩博雅⿰金蚩【八八】捋長【九〇】搌搌搓展極也囅笑皃⿰革蚩收絲器一曰駗䮴【九一】㫃說【九二】文旌旗杠皃⿰牛蚩牛緩謂【九三】之⿰土蚩寘寘赦笛聲緩也⿰扌蚩擊也⿰食蚩【九五】張味榐槎榐樹長皃梴木長皃○⿺走亶邅躔丈善切移行也一曰循也或作邅躔文四紾轉也○輦

〔九五〕謱　〔九六〕擔
〔九七〕鍜　〔九八〕勺
〔九九〕連
〔一〇一〕轢
〔一〇二〕尽
〔一〇三〕硍　〔一〇四〕跟
〔一〇五〕赧　〔一〇六〕專
〔一〇七〕篿

力展切說文輓車也从扶在車前引之文十六　謰謰謱〔九五〕語亂　摙負擔〔九六〕也　僆爾雅雞未成〔九七〕者一曰江東人謂畜雙產曰僆　蓮蓮芍〔九八〕縣名在馮翊　槤璉說文瑚槤也或从玉通作璉〔九九〕　鄻〔一〇〇〕說文周邑也　⿰火𢇍小然謂之⿰火𢇍　連難也易往蹇來連　⿰氵𢇍水名山海經王屋之山⿰氵𢇍水出焉即濟水　䵏䵏〔一〇一〕禾也　灌水也　⿱連心留意　膦膦輭無力　獾獙獾劣皃　○尽〔一〇二〕尼展切弱也一曰柔皮也文十二　⿰車尽輾說文轢也或从蹍　碾硍〔一〇三〕磨也或从尽　趁跈蹍跟〔一〇四〕踐也或作跈蹍跟　赧賓赧〔一〇五〕笛聲緩也　⿰阝單曾邑　榐轢物器　○轉陟兗切輾轉反側也文四　槫〔一〇六〕宛槫篿〔一〇七〕也　竱廣雅齊也　嫥女名　○篆柱兗切說文引書也文十一　瑑

〔一〇八〕垣　〔一〇九〕沇
〔一一〇〕臠
〔一一一〕孌　嬌
〔一一二〕粘
〔一一三〕小　坮

瑑圭璧上起兆或从篆　摶百羽爲摶　縳練說文白鮮色也或省　隊博雅院〔一〇八〕也一曰道邊庳垣　⿰土彖耕土卷　沌〔一〇九〕水名在江夏　腞篆也莊子豚楯之上司馬彪說　鱄魚名鮅也　戭闕人名擣戭古才子　○臠〔一一〇〕脟力轉切說文臞也一曰切肉臠也或作脟文八　覶視皃　嬌孌孌〔一一一〕說文順也引詩婉兮嬌兮或作孌孌亦書作變　⿱艹攣⿱艹欒艸名鳧葵也或从欒　○遣去演切說文縱也文九　𠳋說文𠳋商小塊也隸省　繾繾綣不相離也　⿰食遣⿰食𠳋博雅⿰食遣糬摶也一曰粘〔一一二〕也一曰乾餌或省　開⿱竹開⿱竹解籍也　譴小息也　⿰土遣土追〔一一三〕也　○演以淺切說文長流也一曰水名文十五　衍說文水朝宗于海也一曰廣也達也樂也散也通作演　縯長也　戭說文

〔二四〕禱
〔二五〕巧讒
〔二六〕⿺走亶
〔二七〕閈門
〔二八〕紐
〔二九〕東
〔三〇〕浖

長槍也引春秋傳有擣〔二四〕戭 ⿰扌衍舒布也 ⿰彖力緜緩也勉也 ⿰口寅笑也 ⿱艹黄艸名
爾雅⿱艹黄菟瓜 ⿴行虫蟲名蚰蜒也 延綖冕上覆或作綖 諓諓諓〔二五〕善言 ⿱延䖵
蜑⿱延䖵虫形 ⿱衍虫蟲行皃 ⿰木衍木名 ○蠉馨兗切說文蟲行也文七 ⿺走亶〔二六〕走意
睘皃初生瞥者 蜎蝝井中小蟲或作蝝 縜綴也 ⿵門䜌開閈〔二七〕利也 ○
蜎蠉下兗切井中小蟲或作蠉文三 繯〔二八〕維也一曰旗紉一曰槌耳 ○㕣容
以轉切說文山間陷泥地从口从水敗皃讀若沇州之沇九州之渥地也故以〔二九〕沇名焉古作容文二十
沇沿⿰氵兗說文水出河東垣、王屋山東爲泲〔三〇〕古作沿或从兗 阭⿰阝兗高也一曰地名
或作陖 抁⿰扌兗動也揣也或从兗 ⿰糸兗絹也 ⿱艹兗艸名雀弁也 ⿰馬允馬逆

十三

〔三一〕嗍
〔三二〕蜎
〔三四〕縳
〔三五〕批
〔三六〕倦
〔三七〕⿰扌善極
〔三八〕絝

毛 兗州名通作沇 蜎蜵井中小蟲或作蜵 ⿰言㕣笑皃一曰善言 緣
維也 吮嗍〔三一〕也 孨謹也 飆〔三二〕小風 ○蜎縈兗切〔三三〕井中蟲名說文肙也文二
鞙說文大車縛〔三四〕軛靼 ○蹇九件切說文跛也亦姓文三十二 謇⿰口蹇寋
謇⿰言蹇⿰言虔博雅吃也或作⿰口蹇寋謇⿰言蹇⿰言虔謇一曰難也 寋爾雅徒鼓磬謂之寋
攓搴說文拔取也南楚語引楚詞朝搴阰〔三五〕之木蘭或从蹇亦作搴俗作攓非是 㒨⿰亻寋
偃㒨傲僈〔三六〕也或作⿰亻寋 ⿰扌善搌⿰扌善〔三七〕展極也 綫縮也 ⿰衤蹇褰絝〔三八〕也或省 ⿱寒弓弓彊
也 ⿰山蹇⿰山蹇嵯山皃 ⿱艹搴⿱艹蹇艸名藚也或从蹇 ⿰魚蹇魚名 囝閩人呼兒曰囝 鍵籥牡
也 ⿱寒走說文走皃 ⿰寋阝地名聞〔三九〕喜有⿰寋阝鄉 ⿱竹建竹名 揵舉也難也 ⿰禾建矛屬 鶱

〔三四〕巘

〔三五〕巻　〔三六〕郄

〔三七〕叢

驚也　劧力〔三二〕也　橲橲榐樹長皃〔三二〕○鍵鐽巨展切籥牡也或作鐽文六　楗〔三三〕

闥拒門木或从門　件說文分也从人从牛牛大物故可分　𡾊𡾊嵯山皃○繾

起輂切縮也文一○㫃於蹇切旌旗皃〔三四〕文四　𧽒走意　嫣長皃　鼴鼠名

○齴齗語蹇切博雅笑也或作齗文十三　巘〔三四〕山形似甑　嵃㟧嵃山峻皃

甗甑也　遃行也　嫙嫙博雅嫙嫙齊也一曰好也或省〔三五〕　甗玉甗甑　讞

評獄也　讞讞讞露也或从开　甗瓠也○卷〔三五〕古轉切說文鄉曲也文十　菤

菤艸名爾〔三六〕雅菤耳苓耳形似鼠耳叢生如盤或作葢　弮屈也一曰革中辨謂之弮　帣

斂衣褁也　𨻐聚名在安邑　捲斂也通作卷　埢土埢　觠爾雅羊角三觠

〔三八〕也

〔三九〕側　〔四〇〕茧蟤

〔四一〕蕒

〔四二〕蕭

〔四三〕烏

〔四四〕朿

〔一〕砥

羷　巻豆屬○圈巨卷〔三八〕切說文養畜之閑文七　菌艸名爾雅菌鹿藿　蜎

井中小蟲　箘箘竹名或从圈　菌艸名蕈也　倦急也○欄來圈切木

名文一○剶〔三九〕測展切刈也文一○蟤〔四〇〕茧蟤切蜿蟤蟲不申皃文一○蕒

詳兗切艸名爾雅蓄〔四一〕蕒茅蕒蓄一種華有赤者爲蕒郭璞說文三　鄟地名　𥊋短也一曰

便𥊋小皃○蕭匹善切艸名爾雅竹〔四二〕蕭蓄文一○羨延善切溢也文一○𩔈

女教切小有財文一○宛烏〔四三〕勉切關人名鄭有大夫宛文二　夗方言夗〔四四〕東簿也○

䐁敕轉切篆也莊子䐁楯之上文二　蝝蟘蝝不定意徐邈說

二十九○筱篠先了切說文箭屬小竹也或作篠文十　䃴黑砥〔一〕石也

山海經京山有玄礵謏〔二〕謏〔三〕說文小也誘也引禮足以謏聞或作謏鰷〔四〕鮂鯈魚名
或从了亦作鯈⿰石交小石⿰扌肅打也○湫子了切說文隘下也引春秋傳晏子之宅
湫隘一曰水名在周地安定朝那〔五〕有湫泉文十二⿰氵愁腹中有水气漅水〔六〕名在盧江
勦勞也藻州名山薺也⿱罒淮盪也朴相髙〔七〕也一曰怨髙⿰少阝地名
在魯幧幧頭也一曰凶〔八〕首飾愀變色⿰巾焦拭也剿絕也○鳥丁了
切說文長尾禽總名也象形鳥之足似匕故从匕文十八帎〔九〕帎須帬繒頭也⿰忄勺憂也蔦
樢艸名說文寄生也引詩蔦與女蘿或从木⿰舟鳥⿰舟鳥舿船長皃扚說文疾擊也
⿰衤鳥短衣⿰禾勺說文禾危穗也〔一〇〕𠄏𢆯懸也方言趙魏之間曰𠄏或从幺窵

〔三〕謏

〔五〕那　〔六〕湖

〔八〕凶

〔九〕帎

〔一〇〕𠄏𢆯

窵窅深皃隝㠀水中可居曰島或从山佻遠也釕鋌釕⿰石鳥磟⿰石鳥
懸石皃伄伄儅不常○朓〔一二〕土了切說文晦而月見西方謂之朓文八趒躍也
眺覜遠視或从見窱〔一一〕廣雅窈窱深也䠷身長皃窕〔一三〕爾雅肆也謂輕
窕放肆⿰石鳥磟⿰石鳥懸石皃○窕徒了切說文深肆極也一曰閑也文二十三⿰爿兆〔一四〕
牀版絩繒長皃⿰田兆田界一曰畛田中穴⿰彳翟行皃誂說文相呼誘也⿰口窕
一曰戲也或作⿰口窕⿰亻翟獨立也挑博雅疾也一曰弄也掉搖動也嬥
說文直好皃一曰嬈也一曰巴歌⿰石卓⿰石兆磽⿰石卓石名或从兆佻獨行皃詩佻佻公子
一曰偷也趙⿰扌周刺也詩其鎛斯趙或作⿰扌周⿰兆矢矢也跳挑戰也兆數也

〔一二〕朓

〔一三〕窕

〔一四〕⿰爿兆

【一七】象｜尦 【一八】驕「長」【二〇】纏 【二二】袴 【二四】狀 【二五】爒爒 【二六】灸

十億曰兆 踔路遠也 敎撲也 朓月側也 垗埒也 ○了 朗鳥切說文了尦也从子無臂象形一曰慧[一八]也訖也決也文二十九 磟磟碡石誣兒 蹽博雅蹽驕長也 繚[一九]縿說文纏[二〇]也或作縿 衦方言小袴[二二]謂之袨衦 瞭目明也周官有眡瞭 憭說文慧也一曰快也 僚[二一]嫽說文好皃一曰戲也或作嫽 舠鵃舠船長

皃 璙玉名 𥗎𥗎𥗎面白也 撩校[二三]也取也 釕鞋鉠謂之釕 憔拭也 燎尞轑說文放火也或作尞轑 爒[二五]𤓻灸[二六]也或从巢 漻漻漻洌水清或省 鄝鄝說文地名或作鄝通作蓼 蓼說文辛菜[二七]薔虞也 蟉蟉虯曲皃 𩵼魚名 𡏴長垣 ○褭乃了切說文以組帶馬也一曰騕褭馬名或書作裊文十

【二八】美 【二九】趀 【三〇】曲 【三二】芍葯 【三三】渺 【三四】去 【三五】夸 【三六】鳴 【三八】窈 【三九】穴 【四〇】坳嬈 【四一】嶢

五 㒟嬝美也或从女 㠖岰㠖山皃 嫋說文姌也 趀[二九]𧼮趀長而[三〇]勁 嬲嬲戲相擾也或省 嬈說文苛也一曰擾戲弄也一曰嬥也 𥗋山田謂之𥗋一曰碓石 㩸擿也 𥟃衡不舉也 㰲木長弱[三三]皃 芺葯芺艸長 𨽍偃低

皃 ○皛胡了切說文顯也从三白文十一 芍[三四]葯薂艸名說文鳧茈也或从約从敫 淼渺[三三]淼水遠也一曰淼滉水深白皃 幻相詐惑也或書作[三五]夸 嘄鳥雉[三六]也 雗 水滕也 的菂蓮子也或从艸 𦾯艸名 ○杳伊鳥切說文冥也从日在木下 文三十二 眑[三七]幽靜也一曰[四〇]視皃 窅說文深目也从穴中目 窈[三八]窊[三九]說文深遠也或作窊 偠婹㛄嬈偠㒟美皃或从女从幼从堯[四一] 騕駃要騕褭古之良馬

【四三】蘇【四四】蒐【四七】宦
【四八】葯
【五〇】溟
【五一】剌
【五二】曉

或作駚要 㓜 㓜騕長【四二】而不動 蔞 艸名爾雅蔞繞蘇【四三】蒐【四四】今遠志也 𡢃旐 說文旗屬一曰旗皃或从攸 鴢【四五】 鳥名爾雅鴢頭鵁似鳧脚近尾略不能行或書作鳨 【四六】宦宎窔 穾 說文户樞聲也室之東南隅或作宎窔穾 皀 說文望遠合也从日匕匕合也徐鍇曰匕【四七】相近也 窅 說文冥也 闄 隔也 䁏𥈹 䁏眇遠視或作𥈹 【四八】葯 葯蔝【四九】艸長皃 鷕 雉鳴 宎 窔聲莊子宎者咬者 覞 深視皃 溔 溔溔深【五〇】不測 岆 山名 ○磽 倪了切山田曰磽文一 ○趙 起了切剌【五一】也詩其鎛斯趙沈重讀文一 ○曉【五二】 馨鳥切說文明也文四 鐃 說文鐵文也 皢 說文日之白也 膮 豕肉羹 ○硄磽 輕皎切山田也或从堯文四 𩫕【五三】 高也 憿 幸也 ○皎

【五四】皎
【五五】鐃
【五六】裿
【六〇】皦

皎【五四】 吉了切說文月之白也引詩月出皎兮或从日文二十六 皦 說文玉石之白也 皛 白也 璬 說文玉佩也 鐃【五五】 鐵文也 䘨 䘨衧小袴【五六】 憿繳 行縢謂之【五七】憿或从糸 恔 說文憭也 譑 糾也 撽 持也 𩰪【五八】 博雅絞也一曰經繆殺也 䀉 重瞼也 撟 撓曲也 敫 光景流也 僥 僥倖求利不止皃 絞 繚也 曒 暞【五九】 明也一曰清別皃或作𥈆 憿 憿憭以誠告也一曰幸也 徼 邀也史記【六〇】徼一時權徐廣說 朻 木也爾雅朻者聊 鷮 鳥名似烏蒼白 效 方言效娃明也 芍 艸名鳧茈也

三十○小 思兆切說文物【六一】之微也从八丨見而分之文四 𦬊 葽𦬊艸名遠志也

[二]微　[三]剿　[四]夏　[五]拭　[六]膌　[八]灑　[九]盡　[一〇]蝀

鮡魚名　朴說文相高也謂木生相高　○悄怈七小切說文憂也引詩憂心悄
悄或从小文八　愀容色變也　俏行皃　繰說文帛如紺色一曰深繒　釥好也
方言青徐[二]謂之釥一曰微也　稍物也　杪木高也　○剿剿[三]子小切說文絕
也引[四]書天用剿絕其[五]命或作剿文二十一　勦說文勞也引春秋傳安用勦民　𢄔𧝐
或也或从衣　摷摷說文拘擊也或作摷　[illegible][illegible][六]脅骨或作膘　萩菽闕人
名楚有大夫萩或作菽　愀色變皃或書作愁　灑[八]潐說文釃酒也一曰浚也盪也盡[九]
也或作潐　朴木高也　[illegible]耳鳴　湫隘下也一曰地名在楚一曰水名在安定　[illegible]
邑名在魯　漅湖名　釥利也　焦[illegible][一〇]鷩怏　[illegible]腹中水氣　○少始紹

[二]弨　[三]昭　[四]也　[五]絜　[六]祒　[七]襠　[八]浴　[九]櫌鐃

切說文不多也文三　[illegible]說文地名　[illegible]艸也　○𪌨麨糗齒紹切糗也或从少
亦作糗文七[二]　楢赤木名　弨弓反曲也　昭[三]以目玩人謂之昭　鈔取也
○灑樵小切盪也文一　○沼止少切說文池水[四]文五　炤光也　菬
艸名仙茖也　昭明也詩其音昭昭　[illegible]竹名　○紹綤[五]市沼切說文繼也一
曰紹緊糾也亦姓古作綤文九　佋介行也　祒[六]說文絝上也一曰絝[七]襠也一曰衣襟　[illegible]
見也召也　袑闕人名莊子有[八]巫咸袑　柖博雅柎謂之柖　[illegible]說文卜問也　[illegible]
耕休田一曰瓜塍　○櫌[九]擾鐃爾紹切說文煩也一曰順也或作櫌鐃文十六　獿
犬驚也　橈木曲　嬈亂也　繞說文纏也亦姓　遶字林圍也　獶說文

[二〇]褭 [二一]撓
[二三]獼猴
[二五]健
[二六]肇
[二七]𠧞
[二八]時
[二九]悠悠
[三〇]夷或左右

牛柔謹也躞躞躟足動褭驃褭良馬揉撓屈也或作撓繚闕人名莊
子有黃繚𧳜獸名如獑猴健捕鼠隢地名○狢巨小切博雅狢犺健也文二
虯蟉虯曲皃○𡾰丑小切山皃文三超趫輕走皃或从喬○趙
直紹切說文趨趙也一曰國名亦姓文二十二肁說文始開也亦姓肈謀也始也肇
說文擊也通作肇晁晁陽縣名在東陽𠧞兆𠦒說文灼龜坼也从卜兆象形一
說十億曰兆古省或作𠦒𤗓桃𣐿博雅版也或作桃𣐿垗𤱶說文畔也爲四時界
祭其中引周禮垗五帝於四郊或从田通作兆旐說文龜蛇四游以象營室游游而長引周禮縣
鄙建旐駣駣騑馬屬一曰馬三歲羠說文羊未卒歲一曰夷羊百斤爲羠狣

[三一]舀　[三二]抭
[三三]鷕
[三四]夭雙
[三五]末

狗也爾雅絕有力狣鮡說文魚名大鮎也挏趙刺也詩其鏄斯挏或作趙通作趙
洮水名在淮南絩說文綺絲之數也漢律曰綺絲數謂之絩布謂之總綬組謂之首
○溔以紹切浩溔大水皃文二十三葯葯茱艸長皃舀抭𦦧䍃說文
抒臼也引詩或簸或舀或作抭𦦧䍃骲𩨎脅骨或从号嶕山皃䒶艸皃瞟
美目一曰眇瞟視皃𣖾木長皃鷕說文雌雉鳴也引詩有鷕雉鳴或書作鷕闄
廣雅遮也蓶艸名鴐鵞韭也歊歞出气也或作歞偠要偠紹舒緩皃或作要
旚旌旗皃㸠牀板嫍女字𡻀山䍃○夭於兆切說文屈也从
大象形一說獸雙爲夭文十三紗紗繆理絲末成約急線也岆山名枖木名殀

【三七】右　【三八】鉤栩　【三九】窈　【四〇】糾　【四一】葉　【四二】葯　【四三】繫　【四五】乜　【四六】便

少【三六】殺也 ノ 古【三七】戾也 伕 佂弱謂之伕一曰伕僑不伸 麌 獸名爾雅麋其子麇 芺【四〇】 艸名爾雅鉤【三八】芺大如拇指中空初生可食一曰芺薊味苦江東食以下氣 闄 隔也 窈【三九】 窈謂舒姿也 枖 艸少長也一曰木華葉【四一】茂 葯【四二】 艸皃 ○矯 舉夭切說文揉箭箝也一曰妄也文二十二 撟 說文舉手也一曰擅也正曲也通作矯 敿敽 說文擊【四三】連也引周書敿乃干或从殳 嬓 說文竦身也 嬌 女字 憍 小人得志也 譑 糾也一曰多言 蹻【四四】 爾雅蹻蹻憍也 䀊 眣【四五】也一曰目重瞼 觺 角高皃太玄觺其角 蟜 說文蟲名一曰夭蟜龍皃一曰野人身虎文亦國名又【四六】姓 鱎 白魚 糾 窈糾舒皃 槁 撓木使曲 橋 闕人名秦有盛橋 驕 慣驕不可禁之勢 藮 艸名 喬 喬詰

【四八】丩糾　【五〇】牡　【五一】輕　【五二】衃　【五三】耑　【五四】末　【五五】見　【五六】欂表　【五七】𦶜

意不平 僑 伕僑不伸 鐈 溫器似鼎高足 鄗【四七】 國名 ○驕 巨夭切驕驕長也文十 丩【四八】 相糾也【四九】 糾 窈糾舒皃 茻 艸相糾皃 麔 牝【五〇】麇也 狢 獪也 趫 趬【五一】走 莜 艸名爾雅莜蚍衃【五二】 撟 夭撟頻伸皃爾雅人曰撟 欲 博雅吐也 ○褾𧙂裱 俾小切袖端【五三】或从少从表文十三 蔈 說文苕之黃華一曰木【五四】杪也 標 木末也莊子上如標枝 嘌 山顛 覭 說文目有察省見【五五】也 剽 末也 擣【五六】 落也北史擣其門閭 𦶜【五七】 艸名 狢 獪也 表 外也一曰上衣或从麃 襮 ○䀊 吉小切目重瞼文一 ○縹 匹沼切說文帛青白色也文十八 標 說文木杪末也 顠 䯽 鬆亂皃或从彡 瞟𥋇 【五八】說文瞭也一曰目小皃或从剽 覭 目有察省見也 慓

【六〇】艸
【六二】麃 【六三】挈
【六四】胞
【六五】鷦 【六六】仯

說文【五九】疾也 膘 說文牛膂後髀前合革肉也 醥 酒清謂之醥 蔈 苕華一曰𦾍盛
皃 篻 竹名實中者 犥 牛白黃謂之【六〇】犥 𢷾 落也 瀌 水皃 皫 鳥色
變 麃 麃【六一】屬 漂 浮也 ○ 摽 𢱧【六二】婢小切說文擊也一曰絜【六三】鬬壯也古作𢱧文十
二 蔈荾𦯊茡 落也或作荾【六四】茡通作摽 僄 卞急也 顠鬃 髮白皃或
作鬃 膘 膂前 鰾 魚膠也 標 木名 ○ 眇 弭沼切說文一目小也文十六
吵 雉鳴 訬 高也擾也 渺 渺濸水皃 淼 大水 藐 遠也春秋傳藐諸孤
𦻝 艸細莖者 篎 說文小管謂之【六五】篎 秒 說文禾芒 標 也或作標 杪 說文
木標末也 鷦 鳥名說文焦鷦也一曰桃雀即巧婦或書作鷦 紗 僄【六六】微也或作仯 仯【宋本】

【六八】穮㲠
【六九】端 【七〇】色
【七一】也 【七二】失
【七三】綠 【七四】折縛 【七五】祛
【七六】鹹

僬眇驚悚皃一曰小皃 妙 嫽妙女皃 ○ 表 𧘻 穮 㲠 彼小切說文上衣也从衣
从毛古者衣裘以毛【六七】為表一曰識也明也古作𧘻穮㲠文十 裱 方言帍裱謂之被巾 褾
紬【六八】耑 藨 艸名子似覆盆 婊 女字 𦼥 艸名 諘 讚也 ○ 皫 麃 滂表
切鳥毛變色【六九】或作麃文四 藨 艸名子似覆盆 犥 牛白蒼色 ○ 受 被表切說文物
落上下相付也【七〇】通作荾莩文七 殍 𦯊 荾 莩 餓死曰殍或作𦯊【七一】荾莩 藨 苞 苞
艸名說文鹿藿也一曰蔽屬或作藨苞 皫 犥 毛羽朱色不澤也周禮鳥皫色而沙鳴貍或从
牛 摽 落也詩摽有梅徐邈讀 麐 牡鹿 浽 水皃【七二】 欿 歐吐也 䆼
獊也【七三】 貓 獸名似狐善睡 𢷾 析【七四】縛也 ○ 槁 祛【七五】矯切枯也莊子槁項黃【七六】䤌文四

【七八】鼽　【七九】折
【三】拔

喬　喬譑【七六】意不平　鱎　角皃　鱎　白魚　○鼽【七八】　魚小切析【七九】鼻也文三　⿰牛堯
獸名一曰趙魏謂牛馬騰躍曰撓　鱎【七七】　白魚
三十一　○巧朽　苦絞切說文拔【三】也古作朽【四】文六　⿱巧鳥　鷦鷯鳥名巧婦也
⿰阝丂　地名　⿰丂頁【一】　薄媚　⿱巧女【二】　女字　○絞　吉巧切說文縊也一曰縛也亦姓又國名
文三十　狡　說文少狗也匈奴地有狡犬巨口而黑身一曰猾也疾也　⿰目交　聊⿰目交邪視　攪
捁　說文亂也引詩祇攪我心或作捁　筊　竹索　鉸　交刃刀也　[illegible][illegible][illegible]
說文器也一曰撓【五】使濁或从犬亦省　姣佼妖⿱交女　好也亦姓或从人亦作妖古作⿱交女　烄
說文交【六】木然也　⿰交攵⿱⿰交攵灬　說文交灼木也或作⿱⿰交攵灬　⿸疒开⿸疒交　說文腹中急也或作⿸疒交　挍

集韻　一〇五七　二三

【七】毄　【八】篏　【九】茭　【一〇】捘　【一一】撓　【一三】鴢脚　【一四】怮　【一五】面巧　【一六】皃　【一七】㺒　【一八】茇

集韻卷六　三三

亂也一曰憤意　咬　聲也莊子宎者咬者　膠　膠膠和也　校　疾也周禮擊【七】兵細則校一
曰柴也　恔　慧也　⿰犭翏　擾也　摎　摎蓼搜【八】索也　篏　筍也　⿱艹⿰高攵【九】　藕根也【一二】江
東謂之⿱艹⿰高攵一說弓角接曰⿱艹⿰高攵　捘【一〇】　接物也一曰戾也　灠　攪【一一】水聲　○拗挍
於絞切拉也或作挍文十二　鴢【一三】　鳥名爾雅鴢頭鵁似鳧足近尾略不能行　怮【一四】　[illegible]上也
䩄　䩄䩄【一五】面曲　窅皃【一六】䀏⿰目堯眑　深目也或作皃䀏⿰目堯眑　狕　獸名　⿰女幼
⿰女幼嫪不順　○齩⿰齒堯嚙咬　五巧切說文齧骨也或从堯亦作嚙咬文六　齙
骨鐃也　磽　石皃　○⿱髟堯　士絞切黠也文二　僥　長皃　○⿱𦥯木澩　下巧
切水聲或作澩文二十三　㺒【一七】　擾也　骹　脛下也　⿱艹骹茭茭　博雅⿱艹骹茭【一八】根也或作

〔一九〕凍

〔二〇〕餮　猷

〔二三〕采

〔二四〕卵　非

〔二五〕泖

茭茭佼說文交也漻博雅清也一曰水中絕一曰灑也〔一九〕校几足櫺濫
獵器名或作濫獵擇攪亂也或从覺恔慧也簸簸筍也或作簸
轇轇轕車多䘹䘹衩小袴齩齧骨效事露也狡犬吠通作獿
○飽饌餮〔二〇〕飴博巧切說文猒也或从采从卯〔二二〕从缶文五怉悖也○鮑
部巧切說文饐魚也亦姓文七骲骨鏃䎂廣雅耕也鞄鞄韇柔革工〔二三〕或从韋
从陶𣹢木名○卯〔二四〕𠨓莫飽切說文冒也二月萬物冒地而出象開門之形故二月為
天門古作非文十泖〔二五〕水名媌⿰女卯博雅好也或作⿰女卯昴昴〔二六〕說文白虎宿星
古作㫚茆〔二七〕艸名鳧葵也䀄眂聊邪視緢旄絲○稍山巧切漸也文

〔二八〕數　〔二九〕捎

〔三一〕鬻　〔三二〕鬻　〔三三〕鶹

〔三五〕叉　〔三六〕叉蚤搔

〔三七〕搔

〔三八〕僳　〔三九〕藻　〔四〇〕獟

十五蕱藕根細者𨈆𨈆體長皃𢿵〔二八〕捎擊也或作揱〔二九〕潲博雅潲濯
滫也耖稬種也搜攪搜亂也橚梢說文長木皃或作梢嫂長嫂謂之〔三〇〕
嫂䚚牛角開皃〔三一〕箾竹枝長蕱艸長皃髾毛髮長○鬻〔三二〕
〔三三〕〔三四〕鬻鶹煼炒聚楚絞切說文熬也或作鬻鶹煼炒聚亦書作𩰘文十三抄
掠也謅訬弄言一曰聲也或从少䤥䤥酌〔三五〕麵曲懆心迫也吵聲也
仯小也○爪側絞切說文丮也覆手曰爪象形文十四叉〔三六〕蚤搔手足說文
甲也或作蚤搔通作爪瑵〔三七〕玌說文車蓋玉瑵或从爪笊笊籬竹器䒏菜名
生水中抓廣雅搔也僳〔三八〕長皃藻〔三九〕藻水艸或作藻獟〔四〇〕狐西南夷種

[四一]嬒　[四二]⿰豊毛皃

[二]旰

[三]縞皞　[三]朿

[四]饒

[五]夂

集韻卷六　二三

或从爪○嗃哮孝狡切大呼或从孝文二○獠𧳜⿰犭巢竹狡切戎夷别名或

从豸从巢文三○撓女巧切曲木也文七撓摎說文擾也一曰捄也或作摎⿰犭翏

方言獿也獿犬驚吠皃毴毴氉氍毹毛深亂者膠翏膠雜亂皃

三十二○晧下老切說文日出皃文四十翯素羽杲日在木上昦

昊說文春爲昦天元气昦昦或从天淏清皃暭說文暭旰也亦姓顥

皓皜皞暠鶮說文白皃引楚詞天白顥顥商山四顥白首人也或作皓皜皞暠鶮

浩澔說文澆也引虞書洪水浩浩或从晧灝說文豆汁也一曰灝灝夷曠也鎬

說文温器也武王所都在長安西上林苑中滈說文夕雨也一曰水名在鄠鄗⿰阝高

[六]⿱號豆　[七]⿱敖土

[八]灝　[一〇]木

[一三]㪂　[一四]丂

[一五]木

集韻卷六　二三

邑名在常山或从邑⿰木咎木名郹⿰皋阝邑名在南陽或从皋號𧇊⿱號土說文土鏊

也或不省亦作⿱號土鰝魚名爾雅鰝大鰕薃艸名爾雅薃侯莎曒明也老子

其上不曒灝博雅灝灝大也穃網飾謂之穃一曰禾名悎懼也嵪山皃

⿰豸号豸屬夰放也⿱山号山名⿰女告女字唬虎聲琥石似玉嚳

地名○好⿰丑子⿰丑攵許晧切說文美也古作⿰丑子⿰丑攵文四旭字林日始出也一曰明也

○考苦浩切說文老也一曰成也亦姓古通作攷丂文十九攷說文敂也丂

說文气欲舒出丂上礙於一也⿰高頁顥頷大頭祰禞說文告祭也或从高槀說文

水枯也或書作槁薧乾也拷掠也⿱𥫗考⿰木⿱𥫗考⿱𥫗考篣屈竹木爲器或从木通作栲

[一六]樗　[一七]火熇
[一八]曝
[二〇]顥　[二一]稽木
[二三]稾菒
[二四]橐殘　[二五]禖
[二六]鰕

枧栲[一六]木名說文山樗也或从考洘水乾熇熇[一七]燥也或省撟以火曲物
也周禮撟幹欲孰於人而無贏劉昌宗說熇博雅[一八]貼熇曝也甈器也○杲古老
切說文明也文二十七暠明白皃夰說文[一九]放也从大而八分也臭說文大白
澤也顥[二〇]廣大[二一]皃縞說文鮮色也一曰細繒稽說文稽稛而止也从稽省賈侍
中說稽[二二]稃稽三字皆禾名稾[二三]藳菒蒿說文稈也或作藳菒蒿⿸疒高瘥疥病
⿰木谷說文木也⿰石杲女⿰石杲石名燕珉也皓皓皓絜白也浩以水沸酒曰浩
亦姓橐[二四]殘也周禮犬禖[二五]尾橐劉昌宗讀祰博雅謝也槀槀本藥艸鰝魚名
大鰕[二六]也笴槁弓材或作槁皓光也澔澔汗大水皃灝煑豆汁

[二八]鳥　
[二九]鄗　[三〇]征
[三一]瓜　[三二]補
[三三]胾　[三四]⿸广保

鷎鴟鷎鳥名鴞類栲木名似樗○媪烏浩切說文女老偁也文十九夭
少長曰夭燠甚熱也襖袍[二七]也跃跃跳長也⿰骨昷⿰月奧胥骨或作⿰月奧懊
⿰忄夭恨也或从夭⿰夭鳥⿰夭鳥⿰夭隹說文鳥[二八]也或省亦从隹芺說文艸也味[三〇]苦江南
食以下气⿸鹿夭獸名爾雅⿸鹿夭其子⿸鹿夭⿰夭馬馬名⿰夭阝[二九]邑名⿰巾夭⿰巾夭⿰巾正巾也⿱⺮奧
移蠶具蝹蟲名形若羊若豕在地中食屍腦殺之以栢葉覆首乃死陳倉人[三二]曾得之○⿱艹頁
五老切爪[三一]蔓文二⿰夭頁大頭也○寶寚珤保補抱切說文珍也古作寚
珤保亦書作寚文二十六葆說文艸盛皃一曰大也棒上苗也鼓上飾也⿱⺊十說文相次
也鴇鴇鳵雓說文鳥也肉出尺胾[三三]或作鴇鳵雓亦書作鴇宗⿸广保[三四]說文

藏也引周書陳宗赤刀或作庥　堡　隄也壿也或書作堢　保孚呆保保

呆　說文養也一曰任〔三五〕也守也亦姓古作孚呆保隷作保呆　賲　和儥物者　緥褓

說文小兒衣也或从衣　䎂　矢羽一曰〔三六〕羽五色　駂　馬名烏驄也或書作鴇　⿱髟呆

⿱髟咅　⿱髟咅〔三七〕也一曰髮未長或从咅　○　裦抱　簿晧切說文褱也或作抱〔三八〕文五　怉　懷也

勹　說文覆也　㬥　白〔三九〕寃也　○　蓩　武道切艸名〔四〇〕說文卷耳也一曰葆也一曰毒艸

通作蓩文十二　耄旄　老稱古作旄　扨　持也　冃〔四一〕　說文重覆也　⿰目冃　說文

低目視也引周書武〔四三〕王惟冒　茆蓩　艸叢生也或从孜　媢　夫妒婦　芼　以菜

和〔四二〕美　楙　木名冬桃也　苺　艸名馬〔四四〕母也　○　嫂嫂〔四五〕　蘇老切說文兄妻也或从

〔三九〕自

〔四一〕冂

〔四二〕菜美〔四三〕冒　〔四四〕苺　〔四五〕嫂

叟俗从更非是文八　⿰火叟　乾也俗作⿰火參非是　埽掃　說文弃也或从手　⿱艹嫂蓃〔四六〕

說文艸也或作蓃　糔〔四七〕　溲也　○　艸草屮　采早切說文百卉也从二屮或作草

屮文八　騲　牝馬　嘈　嘈嘐寂靜也　懆　說文愁不安也引詩念子懆懆　愺

愺〔四八〕恅心亂　慅〔四九〕　爾雅慅慅勞也一曰愁也　○　皁〔五〇〕早　子晧切說文晨也从日在甲上隷作

早通作蚤文十九　⿱叉䖵蚤⿰虫爪⿰虫造　說文齧人跳蟲或从虫亦作⿰虫爪⿰虫造　璪澡

說文玉飾如水藻〔五一〕之文引虞書璪火黺米或从水　璅　說文石之似玉者　繅　文采也通

作繰藻　繰　博雅繰謂之繅一曰紺色　棗　木名說文羊棗也亦姓　藻薻

⿱艹繰　說文水艸也引詩于以采藻或从澡从繰　鱢　魚名雞足也　⿰車⿱艹敫　車飾有華藻也

〔四六〕蓃

〔四七〕糔

〔四八〕愺

〔四九〕慅　〔五〇〕昂日

〔五一〕通作澡　澡說文洒手也

〔五二〕獪　〔五四〕櫟　〔五五〕椎　〔五六〕鬷　梟　〔五八〕駋　〔五九〕堡　〔六〇〕鼜

杜子春說　剝　方言饕〔五一〕也秦晉間曰剝　郫　邑名在筑陽　○皁〔五三〕　在早切黑色一曰馬閑一曰賤人文十一　梍　木名莢實者　草草草　說文草斗櫟〔五四〕實也隸作草通作皁　造⿺辶草艁⿺辶艸⿺走昔　作也或从草古作艁〔五五〕⿺辶艸⿺走昔　⿰氵皁　水名　○倒　覩老切仆也文三十　⿰扌𠷎擣搗捯　說文手推也一曰築〔五七〕也或作擣搗捯　禱⿰示𠷎　鬷〔五六〕嘄　說文告事求福也古作⿰示𠷎籀作鬷或作嘄　島隝嶹隯島　說文海中往往有山可依止曰島或从𠂤亦作嶹隯亦書作嶋古作島　檮　斷木　禂⿰馬𠷎〔五八〕　說文禱牲馬祭也引詩既禡既禂或作⿰馬𠷎騳　⿸疒壽⿸疒𠷎　病也古从𠷎　⿰土𠷎壔　說文堡〔五九〕也一曰高土或从壽　⿱春壽⿱春𠷎〔六〇〕疇　博雅春也或从𠷎亦作⿱春壽　⿰石𠷎　磟碼

〔六一〕懸　〔六三〕䅖　〔六五〕洽　〔六七〕皃　〔六八〕翳

〔六一〕縣石皃　歊　懸擊物也　懤　憂也　窵　窵窅深皃　⿱艸刂　艸名　○討　土晧切說文治也一曰求也殺也文五　套　長大也　槄〔六二〕　木名山楸也　䅖〔六三〕　關西呼蜀黍曰䅖黍　稻　秔也關西語　○道衟　杜晧切說文所行道也一達謂之道古作衟衜〔六四〕文二十三　䆃　瑞禾一莖六穗一曰洽〔六五〕粟　稻　說文稌也亦姓　駣　馬二〔六八〕歲名　跳　跳䟃〔六七〕長也　洮　水名在江淮間　纛纛翿⿰翿殳　翳也舞者所執或作〔六六〕纛翿古作⿰翿殳　⿱髟兆　髮長　⿰糸翟　色在青黃間曰⿰糸翟　肁　始開也　肇　擊也　肈　謀也始也　⿰羊兆　羊未成曰⿰羊兆　鮡　魚名小鱯也　絩⿰糸兆　五色縷　⿱道寸　說文犬絕有力者　⿱道口　說也通作道　敦　覆也禮每敦一几　○老　魯晧切說文考

〔六九〕藔　〔七〇〕也　〔七一〕欄　〔七二〕剀囟　〔七四〕嫍

也七十曰老从人毛匕言須髮變白也亦姓文二十二　撩取也　嘹嘹嘹寂靜　㾢瘳㾢疥疾　恅憒恅心亂　轑說文蓋弓也一曰輻也　橑說文椽也　䕩藔說〔六九〕文乾梅之屬引周禮饋食之籩其實乾藔後漢長沙王始煮艸爲藔或从潦　栳𥬔栲栳柳器或从竹也〔七〇〕　䵏博雅䵏䵐黃也　簝受肉〔七一〕籠　潦說文雨水大皃　咾聲也　澇水名在扶風　蓼摎蓼摟索也　𢹎木名〔七二〕　𧳜獠僚獠西南夷謂之獠或从犬从人亦作獠一曰土人自謂獠獠別種　○匘腦𦡯𠟃𦢊乃老切說文頭髓也从匕匕相〔七三〕匕著也巛象髮囟象匘形或作腦𦡯𠟃𦢊文三十三　䯫䯫䯫長皃　嫍〔七四〕說文有所恨也今汝南人有所恨曰嫍或作惱㛴𡜟𡣘憹　惱㛴𡜟𡣘憹　碯

〔七六〕𧳣𤢣　〔七七〕謟　〔二〕戕　〔三〕坎　〔四〕曰

瑙碯瑙〔七五〕博雅碼碯石次玉也或作瑙碯瑙　獶𧳣𧳜𤢣獸名雌貓也或作𧳜𧳣𤢣　謟謟〔七七〕語相侮也或作謟　瘤瘤瘤病也或作瘤瘤　㷔㷔㷔熱皃或作㷔㷔　㑞姓也　嫐嬈也　𩥭褭𩥭馬名　擾煩也　𩬅髮皃　○䴛麃滂保切毛羽不澤也或作麃通作犥文四　犥牛白〔七八〕蒼色　𢾕擊虛聲

三十三　○哿賈我切說文可也引詩哿矣富人文十　舸大船也方言南楚江湖〔一〕謂之舸　笴箭幹　䈬䈬筍蒩或作笴　魺鮬也南越曰魺　菏滒荷澤名或作滒荷　戕〔二〕繫舟杙　○可口我切說文肎也文六〔四〕　岢〔五〕岢嵐山名　軻說文接〔三〕軸車也一曰轗軻失志　坷坎坷不平一〔四〕曰亭名在寧陵　閜

門傾也　听 齗听掣也　○歌 嘽 許我切大笑或作嘽文五　𩑛 傾頭覗〔六〕也　𣪫 擊也或作敧　○荷 何 抲〔七〕 柯 下可切博雅儋也或作何抲亦省文八　嗬 慢譍聲　苛 急也　砢 礧砢山皃　笴 箭〔八〕簳　○閜 閜 倚可切說文門傾也或省文十二　旖 旖旎旌旗皃　衺 衺衺衣皃　錒 鍀錒也　椏 櫊椏　樹〔九〕檹 檹檹木盛皃　掗 掗搖搖也　猗 阿 柔〔十〕皃詩猗儺其拔或作阿　娿 〔十一〕婀 娿弱態或省或書作妸又姓　○我 㦱 語可切說文施〔十二〕身自謂也一曰我頃頓也亦姓古作㦱文〔十三〕十一　涐 水名在蜀　俄 䫏 行頃也或从頁　哦 誐 吟也或〔十四〕从言　𢪱 差也　硪 峨 砨硪山高皃或从山　騀 說文馬搖頭也　○𠂇 左 子我

〔八〕衺　〔九〕櫰　〔十〕枝　〔十一〕亦書作婀〔十二〕頓　〔十三〕搓

切說文𠂇手也象形或从工亦姓文八　𨑩 不正〔十六〕 𨑩𨑩行　毑〔十五〕 她 姐 博雅毑婐母也或作她姐　佐 助也　䢗 丘名　○驒 驒 典可切垂下皃一曰厚也亹也古作鼉文十　𪍑 說文富𪍑𪍑皃　𩑭 醜皃　〔十七〕哆 說文張口也　䠠 〔十八〕䠠䠠小皃行態　䏧 肉物肥美　㚌 博雅妻父謂之父㚌妻母謂之母㚌　癉 勞也怒也　袳 衣弱皃一曰被也　○袉 他可切長皃文四　拸 加也　訑 言不正也一曰欺罔自誇皃　柁 木堅皃　○拕 拖 扡 佗 待可切引也或作拖扡佗文二十七　袉 說文裾也引論語朝服袉紳通作拖　爹 說文爹爹父也　阤 陀 陊 博雅壞也或从它从多　沱 㴰 沲 水皃或从陀从陁亦作沲　柁 柂 舵 舵 杕 正船木或作柂舵舵

〔十五〕毑　〔十六〕嚲　〔十七〕皃　〔十八〕之

[二〇]厝
[二一]碕
[二二]袤

杕炧炨燭餘或从也詑訑誃欺罔也或作訑誃酡將醉謂之
酡頣傾頭視也拸加也抲擔也○砢𥖨朗可切衆石皃說文[二〇]磊砢也或
从羅文十八橠檹橠木茂皃斫剆𠜲說文柯擊也或作剆𠜲櫑
櫑椏樹衺釿曳釣也𢅅裂繒攞捒也裂[二一]也䯬䯬哆垂皃㦬䃕
懡㦬憡也或从面邏遮也囉聲也礲礲阿山皃𢱫挃𢱫搖也曪曭曪
日無光○娜乃可切婀娜美皃文十二那何也儺行有節也[二二]袲旎旖袲
旎旗皃或作旎㢋幓㬥博雅㝋㢋也或作幓㬥袲袲袲衣皃𧞒䕇
橠檹橠木茂或作難通作儺𨍏○縒想可切繒鮮[?]謂之縒文六嫸女皃

[一]蠃

䙍衣長也鬌髮羊娑駊娑殿名瑳明也○瑳玼此我切玉
色或作玼文十砦砦石地名鬌說文髮好也傞傞傞舞皃醝山醝粟名
縒采色鮮曰縒䙍衣長也娑駊娑殿名搓邪皃
三十四○果菓古火切說文木實也从木象果形在木之上或作菓文十九
盉盤也淉說文水也惈惈敢勇也通作果裹說文纏也輠錁
車膏器曰輠或从金鐹鍋刈鉤方言陳楚謂之鐹或省剿划割也或从戈猓
猓然獸名似猴通作果蜾螺蝸蟲名說文蜾蠃蒲盧細要土蠭也天地之性細要純
雄無子引詩螟蛉有子蜾蠃負之或从果亦作蝸蠃蠃蘭車名喪服所乘粿米也餜

〔二〕敤
〔三〕禍　⿰歹咼
〔四〕⿰歹咼　歹
〔五〕錁
〔六〕⿰女厄
〔七〕鬌

餅也○顆苦果切說文小頭也文八　堁堀堁塺起皃　棵粿粗名或从米
敤〔二〕說文研治也舜女弟名敤首一曰擊也　⿸尸果髁髀骨或从骨　果飽皃莊子
腹猶果然○火灮虎果切說文燬也南方之行炎而上象形古作灮或書作灬文三　邩〔四〕
說文地名○禍禍⿰女咼戶果〔三〕切說文害也神不福也古作禍禍通作⿰女咼文十一　⿰歹咼
說文芇惡驚詞也　過秦晉之間凡人語而過謂之過　夥〔五〕⿰多咼說文齊謂多為夥或从咼
輠楇⿰車咼過筩也車盛膏器或作楇⿰車咼過○婐婑鄔果〔六〕切說文⿰女厄也一
曰女侍曰婐孟軻曰舜爲天子二女婐或作婑文八　倭倭墮髻皃　錗博雅錗錗多也　⿱髟委
⿱髟委鬌〔七〕髮美　⿰石果⿰石果砈石皃　捰捰扼摘也　⿰目果明也○⿰女厄五果切說文婐⿰女厄也

〔八〕厄　蓋也
〔九〕顊
〔一二〕没
〔一三〕纚

一曰弱也好也文六　厄〔八〕說文科厄木節也賈侍中說以爲厄裹也一曰厄蓋也　砈⿰石果砈石皃
顊〔九〕靜也　扼捰扼摘也　⿰魚厄魚名○跛補火切說文行不正也一〔一〇〕曰足排之
文八　⿺辶皮說文蹇也　⿸皮黽蚾蟲名蟾蜍也或从虫　駊駊騀馬行皃　播搖也
簸說文揚米去糠也　⿸皮龜龜屬○頗普火切不正也文八　叵〔一一〕說文不可
也从反可　駊⿰馬叵馬行皃說文駊騀也或作⿰馬叵　洰水皃　⿱山頗⿱山頗峩山皃　⿰口叵
聲也　⿰田皮⿰田果⿰田皮小高皃○爸部可切爸爹父也文一○麼麿母果切說
文細也或作麿文十一　懡⿰面麼⿰面靡⿰面麻懡㦗慙也或作⿰面麼⿰面靡〔一三〕⿰面麻　⿰日麼⿰日麼曪日無
光　塺細土　沒〔一二〕不知而問曰拾沒　⿰骨麼漏病　纚行皃○𧴪損果

〔一五〕名
〔一六〕屑也
〔一七〕𦞦
〔一九〕坐
〔二〇〕朶

切說文貝聲也文二十二　鎖鑠鎖鐺也或作鑠　鞼革鎖也〔一四〕　碩礫小石或作
礫　揁揣擊也一曰動也　惢心疑也　鄖亭名在河南　漬濼說文水也
或作濼　葰葰人縣名〔一五〕在上黨　筱博雅篛筱席也一曰竹名一曰箄也　麩䴸說文
說文小麥屑〔一六〕之覈也或作䴸　鮹鱳魚名或作鱳　脞叢脞小也　䐪〔一七〕說文肙也
剬切也一說斫曰切肉為剬直圜曰剬　砦砦石地名　瑣璅〔一八〕說文玉聲也或作璅　○脞小也一曰取果切
脞文三　碎碎石　○坐坐〔一九〕粗果切止也或作坐文五
侳安也　嵳山名　睉目小　○朶朵⿱艹朶都果切說文樹木垂朶朶也或
作朶〔二〇〕亦从艸文三十二　褍衣長一曰衣正　椯說文箠也一曰椯度也一曰剟也　耑

〔二二〕揣
〔二四〕故　〔二五〕稞樞袖
〔二六〕科杌
〔二七〕堆
〔二八〕叢
〔二九〕兒
〔三〇〕冬

動也易觀我揣頭京房讀　㛊說文量也一曰女字　𦃇冕前垂也　綞字林綞紆綾也
硾石皃　揣揉搖也〔二二〕一說度高曰揣或从朶　陊小崖　錗鈌〔二一〕也　垛
說文堂塾也　鞢履緣謂之〔二三〕鞢　䅥說文禾垂皃　䨏雲〔二三〕不族也　鬌鬏
剸餘髮或从朶　捶敊故〔二四〕捶物輕重也或作敊　䙤〔二五〕博雅䙤裸袖也　椯科〔二六〕椯木首
机也宋惟幹說　墮〔二七〕說文堅土也　禍大衣也　嶞嶚山皃或从朶　跺
行皃　鍹車轄頭　棰木聚〔二八〕生皃　箠竹名　○妥綏娞吐火切安也或
作綏敊文二十二　媠嫷好也或作嫷　隋埋祭餘也　鰖魚子已生者　⿰山妥
隓隋山長皃或作隓隋　鬌嬰〔二九〕兒前髮謂之鬌　楕木圜而長〔三〇〕曰楕一曰車中

【三一】穖　【三二】㒞　【三三】外　【三五】隋土 隋土　【三六】惈　【三七】鬣　【三八】毈

器通作陏鵎鳥名䐐牲肉謂之䐐穜禾穗【三一】也跴行皃揹惈也
洧水名墮隊也嫷不敬也䁤䁤眏小皃○㒞【三二】倭㒞髻皃
惰憜媠嫷杜果切說文不敬也引春秋傳執玉惰或省古作媠嫷文二十八隋
說文裂肉也嫷說文南楚之外外【三三】謂好曰嫷陊陏墮說文落也或作陏墮亦書
作墮埰䧅堂塾一曰射堋或从𠂤穜禾積也篟篟篟竹名實中䅴
匭也橢說文車笭中橢橢器也鞣履緣鰖䲣說文魚子已生者籒省鬌
剝餘髮一曰髮美【三七】隓【三四】說文山皃鏅說文鈴鏅也隋山【三六】說文山之隋隋者揹
挅【三五】也䉐䉐䉐竹名生南陽漢時獻爲馬策豬䝐豕埵堅土毈卵壞墤

【四〇】蠃　【四一】敽　【四二】孃　【四三】蠃　【四四】䗍鄓　【四五】蠃　【四六】虒　【四七】婐　【四八】挅　【四九】堦

起土爲垜○蠃裸躶倮儽魯果切說文袒也或从果从身从人从𦣞文一十二
卵【三九】凡物無乳者卵生蠃蟲名說文螺蠃也瘰瘰病蠡瘰瘰
瘯蠡皮肥也一曰瘠病或作蠡瘰稞無皮穀蓏儽蠃說文在木曰果在地
曰蓏【四一】說有核果無核蓏一說有殼果無殼蓏或作儽蠃果龜名前弇果孃【四二】說文嬴產
疫病也蠃鳥名【四三】博雅果蠃桑飛䗍【四四】說文瘰中病也䴴【四五】說文獸名象形
麫也檁木名實有皮無殼螺蟲名虒蝓也通作蠃○婐【四六】娺【四七】努果切婐妸好
皃或作挅【四八】趙魏之間謂摘爲挅挅○坷苦我切堦坷地不平文一○差齒
齹才可切齒不齊也或从佐文二

〔一〕影　〔二〕毋

〔三〕𨚗

〔四〕乀　〔六〕稅　〔七〕薦

三十五○馬𢑱〔一〕影母〔二〕下切說文怒也武也象馬頭髦尾四足之形古作𢑱影亦姓文十碼瑪碼碯石之次玉或从玉罵詈也鄢郁鄢〔三〕縣名寫穴名在燕野鰢魚名鷌鳥名○乜母野切虜姓文二咩羊鳴○把補下切說文握也文三䎱說文擊也笆竹名有刺○跁部下切跁跒不前文五𥏐說文短人立𥏐𥏐皃笆竹名有刺蚆蟲名小蛤也罷止也○寫洗野切說文置物也文九瀉〔四〕去水也一曰鑑形⿰木寫〔五〕博雅案謂之⿰木寫⿰金寫範金也⿱寫鼠獸名⿰言寫言以寫志舍方言發挩〔六〕舍車也⿸厂寫仄也蕮澤蕮藥艸○且𠀀且淺野切說文薦〔七〕也一曰[illegible]古作𠀀且文五跙蹴跙足利

〔八〕　〔九〕

担取也○姐毑她媎子野切說文蜀謂母曰姐淮南謂之社古作毑或作她媎文六担博雅取也飷食無味○灺似也切說文燭𤍠也文二担取也○姐慈野切弥姐羌族名文二担取也○捨舍始野切說文釋也或省文七⿰食多⿰食舍餡飫也或从舍騇牝馬⿸广舍小室赦放囚一曰置也○奲〔八〕齒者切寬大也文十一哆〔九〕侈拸大皃或作侈拸也撦裂也⿰扌啫擊也⿰奢鬼⿰者鬼醜⿰奢鬼惡也或省𣸢〔十〕⿰貝責瀋不絜也吳俗語奓〔十一〕張也⿺走者距也漢令⿺走者張百人○者止野切說文別事詞也从白〔十二〕𣥐聲𣥐古旅字文六赭說文赤土也堵縣名亦姓⿰扌者擊也褚衣赤也方言卒謂之褚⿰馬者馬名○社⿰示土⿰示坴

〔一四〕禠

〔一五〕汎

〔一六〕羞黼〔一七〕羡

〔一八〕謯

〔一九〕如

常者切說文地主也引春秋傳共工之子句龍爲社神〔一三〕一曰周禮二十五家爲社各樹其土所宜之木亦姓古作社楏文三 ○ 惹 爾者切詭也謯〔一四〕也絓也或書作偌文六 若 艸乾也一曰若若綏垂皃一曰令人謂弱爲若亦姓 喏䛂哷 應聲或作䛂哷 𨂝 蹤𨂝距地用力也 ○ 灑〔一五〕 所下切落也汎也文一 ○ 鮺䰼〔一六〕𩽹鮓 側下切說文藏魚也南方謂之魿北方謂之鮺或作䰼𩽹鮓文十七 羡〔一七〕 博雅曝也一曰東炭 厏 屋也 厏 厏厍不相合 痄 痄疨創不合也一曰病甚 詐謯〔一八〕 詐謯言戾或从虘 槎 衺斫也 苴茬 土苴和〔一九〕糞艸也一曰糟䰈或作茬 䈟 炭籠長 艖 小舟 飷 食無味 諎 謗言 ○ 槎柞剒 仕下切說文衺斫也引春〔二〇〕秋傳山〔二一〕不槎或作柞

集韻上聲六　三十二

〔二二〕謏

〔二四〕絲

〔二六〕磣

集韻上聲六　三十三

剒文十 奓 奓奓自大 厏 屋也 痄 痄疨創不合 䋾 繒紕皃 羡 東炭也 厏 厏厍不相合 詐 詐謯言戾 ○ 稄 數瓦切稄人縣名在上黨文五 謏〔二二〕 強語 傻 傻俏不仁一曰輕慧皃 酸頦 面醜或从頁 ○ 硰 楚瓦切石藥雌〔二三〕黃也一曰小石皃文三 唆〔二四〕 惡言 浚 泥也 ○ 觰 展賈切觰觰牛角上張皃文五 苴 土苴糟䰈也一曰不眞物 縿 縿縈〔二五〕編絮相箸皃 偧 偧偧行皃 踷 衺行皃 ○ 奼姹 丑下切說文少女也或作姹文三 土 土苴不眞物 ○ 磊 呂下切磊䃁不中皃一曰磊苴泥〔二六〕不熟文二 砢 磊砢石皃 ○ 絮 女下切絮絮絲絮相箸皃文七 砂 磣砂石垂皃 胗 臓也 餕 饜也 胣 脌胣肥皃 𪏰 䊉

〔二七〕相黏　〔二八〕箸

〔二九〕相黏

〔三一〕穱

〔三二〕壄

〔三三〕乜

〔三四〕態

〔三五〕蛭

〔三六〕媢

〔三七〕𡕰　夐　臼　夂　頁

〔三九〕熱

黪黪粘〔二七〕也或作豢　○縿𦄚〔二八〕下切縿綮絲絮相著也或从奢文七　黏黏黏粘〔二九〕也

踏踻踏行跨皃　碜碜砯石垂皃　䃎磊䃎不中皃　𦡊腠〔三〇〕肉　○穱〔三一〕丑寡切穀名可食一曰茙葵文一

○野墅壄〔三二〕埜以者切說文郊外也或从土古作壄埜文十一

也芒〔三三〕說文女陰也一曰語助或作芒　冶說文銷也一曰女態〔三四〕　虵虵蛭〔三五〕氏虒姓也

蠱腹病一曰媢〔三六〕也　㳦垩泥淖也或从邪　○丅下亥雅切說文底也指事或作下文六

夏〔三七〕𡕰夏說文中國之人也从夂从頁从臼臼兩手夂兩足一曰大也亦國名古作𡕰隸作〔三八〕夏

廈大屋　○閜許下切說文大開也文六　㗿㗿博雅笑也或作㗿

襾覆也　煆方〔三九〕言熱也　土土苴糟魄也　○踤宅下

集韻上聲六　三六

〔四〇〕踤

〔四一〕賈

〔四二〕叚　𠬹

〔四三〕荼

〔四五〕搲

切踤跒行不進文一　○跒口下切踤跒行不進文三　價〔四〇〕價價大皃　齖齾也　○

賈〔四一〕舉下切姓也一曰國名文十六　斝說文玉爵也夏曰琖商曰斝周曰爵一說斝受六升

叚𠬹說文借也或作叚〔四二〕譚長說如此通作假　假說文非眞也一曰大也亦姓　假

蝦說文至也或作蝦　䠍說文大遠也　婽博雅好也　瘕腹中久病　檟

榎木名說文楸也引春秋傳樹六檟〔四三〕於蒲圃或作榎通作夏檟一曰苦荼　椵說文木可

作狀几　夏陽夏縣名　鰕〔四四〕魚名爾雅鰝大鰕　瑕已也詩烈假不瑕鄭康成讀

○搲烏瓦切〔四五〕俗謂手爬物曰搲文四　⿰足窊⿰足窊跨行不正　⿱穴色色敗　⿰月窊

⿰月窊肥肥皃　○啞瘂瘷倚下切瘖也或作瘂瘷文七　婭婭姹作姿　⿰亞欠

集韻上聲六　三六

【四六】攲鳴
【四七】鸒　【四八】大
【四九】𢧵
【五〇】嘌瓜　【五一】袒　【五二】原

【四六】鼓欿騃鳴也 掹 掹搖搖也 啞 行不正皃 ○雅鴉 語下切烏名說文楚烏也
一名鸒【四七】一名卑居秦謂之雅或从鳥雅一曰正也文九 疋 說文古詩天【四八】疋字通作雅 疋皿
博雅杯也 庌 庌庌不相合 庌 說文廡也引周禮夏庌馬 疨 疨疨病甚 牙
車冎 訝 詐訝言戾 ○踝 戶瓦切說文足踝也文二【五〇】十三 𧍯𢧵【四九】 說文擊踝也或
作𢧵 嘌瓜 嘌大口曰嘌或省 倮 肉袒【五一】也 㢈屐【五二】 履也方言西南梁益之間
謂之㢈一說青絲頭履或作屐 輠 車轂轉皃一曰車膏器 稞粿 說文穀之善者一曰
無皮穀或从米 䴹 麴也 蘳 說文黃華也 觟 說文牝牂羊生角者也 鱳
魚名說文鱧也 跨 髀間 髁 誤髁不正皃一曰謹刻 腂 藥艸名生山谷中益氣延

【五三】鮭
【五四】踪　【五五】午
【五六】大
【五七】寡
【五八】踻　【五九】冎
【六〇】丫
【六二】已

年 蘳 蘳蘳黃也 騍 地名 讗嚍 疾言皃或从口 鮭【五三】 楚冠名 ○髁
骻 苦瓦切髀骨也或从夸文十五 跨 踪【五四】跨行不進皃 午【五五】 說文跨步也或
作午 夸 夸誇【五六】自大 銙䩷錁 帶具或作䩷錁 㤼袔 小衫曰㤼或作袔
顝 醜皃也 咵 言戾也 㤼 心悈也 楇 橫擿杖 ○寡【五七】 古瓦切說文少
也从宀从頒頒分賦也故爲少文十二 㑎 㑎倘行皃 窊 博局方目也 篙 箋篙
收絲具 䚘 䚘觰牛角上張皃 踻【五八】 踻踷行跨皃 冎【五九】另剮 說文剔人
肉置其骨也象形頭隆骨或作另剮 丫【六〇】 說文羊角也象形 杲枴 老人杖也或作枴亦
書作枴 ○瓦 五寡切說文土器已【六一】燒之總名象形文五 邷 地名在衛 瓬 博雅

〔六二〕鞢

〔一〕搖

〔二〕季

鼓鞢〔六二〕謂之柢 鵙脆財也或从危 ○哆丁寫切魚口張皃文一 ○跒力者切身不就皃文二 㤰㤰㤰心不欲 ○土片賈切土苴不真物一曰糟魄文一

○笆初雅切竹名文一

三十六○養敎以兩切說文供養也一曰育也亦姓古作敎文十五 懩心所欲也 勬說文繇緩也一曰動也勉也 痒癢慮欲搖〔一〕也或作癢 瀁漾

潒滉瀁水皃或从羕从象 蛘蝆蟓蟲名說文搔蛘也一曰北燕人謂蚍蜉曰蛘或从養从象 䑆䑆䑆欲吐 勨勨也 攁發動也 ○象爲似兩切說文長鼻牙南越大獸三季〔二〕一乳象耳牙四足之形一曰罔象水神一曰南蠻號古作爲文十六 像

說文象也通作象 勨勉也動也 襐說文飾也一曰未笄冠者首服 潒漭潒水急皃 樣橡說文栩實也或作橡 嶑山名 蟓蟲名食桑葉作繭者 鱌魚名 白魟也 䕢艸名 鐌鐌臯器鈕一曰錦名 𨗛行也 鵊鳥名 䉃剖竹未去節 ○獎將子兩切勸也助也或作將文九 漿說文嗾犬厲之也 蔣艸名 𧆞說文菰蔣也一曰國名亦姓 䉃說文剖竹〔三〕未去節謂之䉃〔四〕一曰篰也席也 簗槳 篺䑶方言所以隱櫂謂之䑶一說前推曰槳却曳曰櫂或作槳篺䑶亦書作桨 ○㒳〔五〕里養切說文再也引易參天㒳地通作兩文十五 兩說文二十四銖爲一兩从一从㒳平分 入說文二入也㒳字从此 緉說文履兩枚也一曰緉絞也 䓣艸名 𦝼

〔四〕簗櫂 〔五〕㒳

〔六〕伎「功」　〔七〕裲襠袹
〔八〕裲　〔九〕蜩
〔一〇〕掚　〔一一〕靼
〔一二〕秧
〔一四〕躍
〔一五〕驚
〔一六〕謂

說文膆肉也一曰多味倆伎倆〔六〕功也勈勈勥力拒也一曰體急皃裲〔七〕衣名博雅
裲襠謂之袹腹裲〔八〕松液蜽魎良閬說文蜩〔九〕蜽也或作魎良閬通作兩掚
飾也〔一〇〕春秋傳御下倆馬○鞅〔一一〕於兩切說文頸靼也文十九抰說文以車鞅擊也
怏不服懟也映無貲也詇說文早知也一曰問也䭘䬬博雅滿也
一曰飽也或作䬬秧〔一二〕穰禾密皃柍〔一三〕屋中央一曰架屋皃一曰木名梅也胦
脖胦臍也炴火光眏恨視紻說文纓卷也岟山足也一曰山名駚
駚牟獸跳〔一四〕踏自撲也一曰駚〔一五〕驡馬皃蚆气流皃摬擊也佒偃佒不能俯皃一曰
守分歸一曰〔一六〕之佒陸德明說㼜盆也○強彊巨兩切勉也或从畺文十五謽

〔一七〕殭
〔一八〕澌
〔一九〕殭　〔二〇〕餦
〔二一〕𤭛　〔二二〕磋
〔二三〕突

詞不屈也勥彊迫也或从彊鏹鉛屬⿸鬼強鬼名弜說文彊也从二弓
⿱彊兒〔一七〕彊仆也誩競言也摬擊也滰說文浚乾漬米也引孟子夫子去齊
滰淅〔一八〕而行疆〔一九〕壃土也周禮疆檃用黃蕹州名儉歲人食其根鏹〔二〇〕硬食○仰
卬語兩切說文舉也或省文五⿰革卬屦也方言東北朝鮮洌水之間謂之⿰革卬角茚
茚艸名昌蒲也或作茚○𤭛〔二一〕⿱相瓦楚兩切說文瑳〔二二〕垢瓦石或从相文十二摤
磢磨滌也或作磢漺淨也⿰爽頁醜也搶突〔二三〕也傸惡也⿰爽刂膽
皮傷也或作膽愴愴怳失意⿰冫爽冷皃○想〔二四〕寫兩切說文冀思也文四⿱艹養
鱶魚腊或从養欀木名皮中有米可爲餌○掌止兩切說文手中也文九

〔二五〕爪 〔二六〕抓 〔二七〕督 〔二九〕僉 〔三〇〕名 〔三一〕淨 〔三二〕縣 〔三三〕皃 〔三四〕引无 〔三五〕鷩

爪〔二五〕說文亦丮也从反爪 抓〔二六〕批擊也 仈仈〔二七〕仈督梁四公子名或从爪一說从八者誤 黨姓也 篫竹名 䔊艸名 攩推也 ○爽〔二八〕爽𡘜〔二九〕所兩切說文明也一曰差也或作爽古作𡘜文十七 騻驌騻良馬 篸〔三〇〕竹皃 㥻性明也 漺浮〔三一〕也 塽地高明處 𤮐𤮐半瓦也或作𤮐 縔博雅緉縔絞也一曰履底繩 繰縣〔三二〕中繭 㯳木名一曰木茂皃 𦶟艸名 鷞鷞鳩鳥名鷹也通作爽 顙醜〔三三〕也 𥠻禾皃 ○敞齒兩切說文平治高土可以遠望也一曰開也露也文十三 惝惝惝怳驚皃或省 鷩鷩鷩羽或从〔三五〕鳥 廠屋無壁也 堂蹋也岠也 倘倘然止皃 儻引敞無〔三四〕偏也 鷩鳥名山海經基山有

集韻 卷六 四一

〔三七〕醯 〔三八〕犅 〔三九〕襁 〔四〇〕襁 〔四一〕絙 〔四二〕揔

之如雞三首六足 ⿰尚阝地名 僘寬也 ⿰足尚踞也 ○響寶〔三六〕薌響 ⿱鄉言許兩切說文聲也古作寶薌或从口从言文十五 嚮兩階間謂之嚮 曏說文不久也引春秋傳曏役之三月 亯享亭說文獻也从高省曰象進孰物形引孝經祭則鬼亯之一曰當也隸作享古作亭 饗說文鄉人飲酒也 蠁⿰虫向說文知聲蟲也司馬相〔三七〕如作⿰虫向一曰䤈雞名 闀門響也 向闕人字春秋〔三八〕傳晉有叔向 ○繈舉兩切說文觕〔三九〕類也文九 鏹以繈貫錢 襁〔四〇〕強襁〔四〇〕說文負兒衣或省亦作襁 膙筋強也 勥勥勥力拒也 絙〔四一〕闕人名鄭伯絙 憼敬也 ○〔四二〕支丈雉兩切說文十尺也从又持十隸作丈文六 杖說文持也 仗刀戟揔名一曰憑也 ⿸疒丈

集韻 卷六 四十

病也扙傷也○蔣在兩切剖竹未去節文二趙行皃○袓丑兩切通

也明也文二鋹利也○壤㚓汝兩切說文柔土也古作㚓文十九𦡽說文

益州鄙言人盛諱其肥謂之𦡽穰豐也纕絲勢也鬤髮亂皃攘擾也

孃煩也躟儴躟躟疾行或从彳𥗼雌黃之惡者禳祭名蠰

蠰[四三]蚣蟲名土蠭也𥶛說文襄[四四]也一曰篹也蘘艸名博[四五]雅茉蘇也一曰葅也爙

火也𢐧弓曲瀼𤅢水淤也或从土○賞始兩切說文賜有功也一曰玩也文

八饟餳說文晝食也或从傷省曏少時謂之曏償報也莊[四六]子世俗之償

饟餉𩟔周人謂饋曰饟或从向从敞○仿俩髣髣𢪱撫兩

[四三]螽　[四四]袁

切說文相似也籀从丙或作髣髴𢪱文十一昉昞微見也或作[四八]昞紡說[四七]文網絲也

鶭䲱鳥名爾雅鶭澤虞或省𠯗如聞也○网罔網罓罒

宅罡𨳝文紡切說文庖犧所結繩以漁或作罔網罔籀作网古作宅罡𨳝一曰無也俗作罔

非是文二十一菵艸名皇[四九]誷誣也或作誷惘惘憮失志蝄蛧魍[五〇]

方說文蝄蛧山川之精物淮南王說蝄蛧狀如三歲小兒赤黑色赤目長耳美髮引國語木石之

怪夔蝄蛧或作蝄魍方輞棢車輞或从木𦕈耳疾茻衆艸也𣷭

水名在蜀○昉昞甫兩切明也古作昞文十放倣方俩效也或从人亦作方

俩䲱鶭鳥名說文澤虞也或从紡瓬說文周家搏埴之功[五一]也髣髣髴髮亂

[四七]絲　[四八]网　罡　罡　宀

[四九]皇　[五〇]魍　蠈

[五一]工

〔五二〕𣏍
〔五三〕鴈
〔五六〕去
〔五七〕怳
〔五八〕槍
〔五九〕兂　亢
〔六〇〕張　〔六一〕上＼　〔六二〕升

○𣏍〔五二〕枉嫗往切說文衺曲也〔五三〕隸作枉文九𢼸〔五四〕說文放也浧汪淮浧陶縣名在鴈門或省亦从枉䞚背也歡〔五五〕倿也敱曲侵也○徨往迬〔五六〕羽兩切說文之也或省古作迬文六暀光美也〔五七〕皇皇皇祭祀之儀泩往也楊雄弔屈原作此以其去水中故从水○怳〔五七〕詡往切說文狂之皃文三詤夢言也軦黃軦蟲名○搶摤此兩切突也或〔五九〕从爽文六槍〔五八〕逆刺牄傷也墏基也篬竹名○長長夫〔五九〕展兩切孟也進也古作長夫文五漲〔六〇〕漲大水也或〔六〇〕从漲○丄上二是掌〔六一〕切說文高也此古文指事也一曰外也或作上古作二文三○臩俱往切說文驚走也一曰往來皃引周書伯臩文七迋逛欺也或从狂俇

集韻上卷六　四三

〔六三〕僙
〔六五〕文一
〔二〕朗
〔三〕璆珌

集韻　卷六　四二

徨遠行也或从彳僙〔六三〕僙負戴器也獚犬獚獚不可附一曰縣名在漁〔六四〕陽俇求往切惶遽也文四䞚背也迋欺也誑誑也○恇丘往切懼也文一○硄丘仰切〔六五〕石名也

三十七○蕩湯〔六六〕待朗〔六七〕切說文水出河內蕩陰東入黃澤一曰大也放也亦姓或从楊文二十七盪說文滌器也勨博雅動也潒潟說文水潒瀁也或作潟𢜛愓婸偒說文放也或作愓婸偒碭說文文石也崵湯山名或从湯通作碭嵣嵣岨山皃璗說文金之美者與玉同色禮佩刀諸侯璗琫而璆〔三〕珌通作瑒簜說文大竹也引夏書瑤琨筱簜簜可為幹筱可為矢䈴說文大竹箭也一曰盛酒

〔四〕盪　〔五〕橡
〔七〕助

竹器⿰昜光光皃暘春也⿱湯心⿱湯虫博雅〔四〕湯湯動也或从虫禓〔五〕禒博雅飾也
或作橡⿱竹黨竹名逿過也⿱昜女婆也戲也瑒大圭尺二十○黨
底朗切說文不鮮也文十四讜譡善言也或作譡灙漭灙水皃攩說文朋羣
也通作黨⿰尚阝⿰黨阝說文地名周禮五百家也或作⿰黨阝古書作⿰龍阝通作黨欓〔六〕木名越椒也通
作黨党党項虜名⿱艹黨艸名瓽博雅瓽坬甗也儻〔七〕助也一曰倜儻卓異皃
⿰禾黨頓⿰禾黨黄穀名簜簡易也○曭坦朗切日無光也文二十一灙
灙漭水皃矘說文目無睛直視也⿰目昜⿰目黨白色或从黨爣爣烺火皃帑
金幣所藏也儻倜儻卓異皃偒直也一曰長皃戃戃慌失意⿰月黨月不

〔八〕筩　〔九〕易
〔一〇〕軌　〔一一〕儻〔一二〕冀
〔一三〕筩
〔一四〕朗　〔一五〕悢
〔一六〕㮾　〔一七〕筤
〔一八〕⿰衤良⿰衤桼　〔一九〕⿱穴康
〔二一〕迥

明⿱竹昜〔八〕大竹筩陽大爪蕩平易〔九〕也詩魯道有蕩徐邈讀倘止皃一曰
自失皃莊子倘然止李軌〔一〇〕說惝儻惝然罔也或作〔一一〕儻黨〔一二〕冀也漢書黨可徼幸通作
儻攩攩提擊也踼申足伏卧欓〔一三〕木筩○朖⿰目良⿰月兩里黨切說
文明也亦姓或从日古作⿰月兩亦書作〔一四〕朗文二十一悢懭〔一五〕悢意不得皃誏言之明也⿰目兩
⿰目良目明或从良硠博雅硠硠堅也一曰石聲㝗康㝗屋虛崀嵻崀山虛
俍儣俍不平㮾〔一六〕⿰木兩木名或作⿰木兩狼狼犺獸名似猴烺爣烺火皃筤〔一七〕
說文籃也⿰衤良〔一八〕⿰衤良⿰衤桼衣敝⿱穴良〔一九〕⿱穴康⿱穴良空也閬爣閬寬明皃浪〔二〇〕孟浪較略之言
徐邈說埌壙埌原野〔二一〕迥皃○曩乃朗切說文曏也文五灢泱灢水濁瀼

【三三】鬆 【三四】莽 【三五】四 【三六】鈷 【三八】忽

瀼水流皃或从曩 毲氄毲氉毹毛深亂皃 ○ 榜 牓補朗切木片也或从片文
十【三二】髼髼毲髮亂 毲毿博雅毲毿羼也一說邪文曰毲或人旁 騯騯騯馬皃
螃蟲名【三三】陸居蝦蟇也 傍左右也 𦵩蒡牛蒡艸名或省 ○ 髈普朗
切膂肉也文三 䒍䒍蔩色晴也 覫視物皃 ○ 莽【三四】母朗切說文南昌謂犬善
逐菟艸中爲茻文二十 茻說文【三五】衆艸也从四屮 霥霥霥雲色 漭漭沆水大
皃或作潣 𡾰𡸣嵣𡾰山皃或从芒 䁳曭䁳不明也 䁳無一目曰䁳 錛
鈷【三六】錛温器 𦾐毲𦾐毛布 蟒大蛇 䒍䒍蔩色晴 𧯛吳王孫休子名 孟
孟浪無趣舍之謂向秀說 汒忽【三八】遽皃莊子汒若於夫子之所言 宔宔宦空也 𩪓

【二九】名 【三〇】頷 【三一】鼜 【三二】鼓 【三三】壯 【三四】胖 【三五】大 【三六】駔 【三八】下 【四〇】迹

骯髒體胖也 笲【二九】竹多其節稠 鵏鵏鵄鳥名 ○ 顙寫【三〇】朗切說文頷也文十一
𪔂【三一】鼓【三二】柭或从壺 䮾騯䮾馬皃 嗓喉也 磉柱下石 鎟鈴聲
褬裖褬衣敝 搡填也 𤺥馬病 䡛車輞 ○ 蒼采朗切蒼寒狀一
曰近郊之色文一 ○ 駔子朗切說文牡【三三】馬也一曰馬蹲駔也一曰市會文五 驡驡駐
良馬 髒骯髒體胖【三四】 𤖤犬【三五】也通作駔 臧善也 ○ 奘在朗切說文妄彊犬
也从犬文四 𨪕鈴聲 奘【三六】駔【三七】說文奘大也从大或【三九】作駔 ○ 沆忼【三八】朗切說文莽
沆大水也一曰大澤皃一曰沆瀣露气文十四 骯骯髒體胖 頏莽頏直項皃 蚢
魧海貝也或从魚 迒獸迒【四〇】一曰道也 伉闕人名 䟘伸足也 行

〔四一〕翃　〔四二〕軌　〔四五〕狼犺　〔四六〕瓬罌

行行剛皃忼慢也慷慷慨憤意吭頏咽也或从頁翃〔四一〕翃翃飛皃通作頏○汻許朗切姓也文三酐苦酒甿鹵地名○忼慷口朗切慨也或从康文十二骯骯髒體胖軶車軶也〔四二〕㝩康㝩室虛[康心]大意嵻嵻崀山虛〔四四〕伉闕人名[口康]嗛咳聲也㝩〔四三〕㝩㝩空也吭頏咽也或从頁○吭舉朗切博雅竟也一曰趙魏謂陌爲吭文十二㫘說文直項莽㫘皃从亢从夋夋倨也魧酼鹽澤或从酉犺犺狼〔四五〕獸名䟘伸足也一曰擊踝亢頏咽也或从頁瓬罌〔四六〕屬沆莽沆大皃魧海貝宊廣也○坱倚朗切塵也文十七泱滃泱水皃炴氣皃岟山形霙白雲皃

〔四七〕驚　〔四九〕所以　〔五〇〕也

映映瞕不明眏目不明笶竹名一曰竹無色醠[酉央]濁酒或作[酉央]通作盎盎瓮盆也或作瓮姎女人自偁我也胦脖胦臍也咉咉咽悲也駚駚驨〔四七〕馬皃軮軮軋遠相映皃○駠駠䭒語朗切馬驚謂之駠或作駠駚文四[車卬]軮軮車名一曰竹輿○晄〔四八〕熿爌爣煌戶廣切說文明也或作熿爌爣煌文十九銧闕人名櫎橫說文所以几器一曰所以〔四九〕帷屏風之屬一曰兵欄或省幌帷也榥書牀攩博雅擊〔五〇〕一曰推行滉潢瀇洸水深廣皃或〔五一〕作潢瀇洸潢一曰染紙也愰愰〔五二〕懭心不定鎤鍾聲䒰艸名[目晃]目大皃○慌㤺怳恍芒荒虎晃切昬也或作慌怳恍芒荒文十九

〔五四〕鍠

〔五五〕不

〔二〕柬

〔三〕萸

詤〔五三〕博雅忽也一曰夢言　晄目不明　睍睍睍目疾　朚朦朚月不明　爌寬明皃　莔艸名　㝕廣也　錓鍠〔五四〕聲　𣉮晄旱熱也或省　慌大意

汻姓也　喤喤呷衆也　○懬苦晃切大意文八　懭懭悢意不得也　軖車名　僙僙俍不平　爌爣爣明皃或作爣爣　壙塞也一曰壙埌原野迥皃

○廣古晃切說文殿之大屋一曰闊也文八　劆解也　鄺姓也出廬江　懬大意　鷶鷶鴹鳳類　晄𪏭光皃或作𪏭　𪏭張大皃〔五五〕　○𣶒鄔晃切大水一曰水名在譙郡文三　瀇水深廣皃　潢池下流

三十八○梗〔一〕古杏切說文山枌榆有束〔二〕莢可爲蕪荑也一曰略也荒也文十九

〔五〕攪

〔六〕梗

〔七〕恨

〔八〕涸

哽說文語爲舌所介也　鯁說文魚骨也　骾腰說文食骨留咽中也或从肉

綆統說文汲井綆也或从亢　㾘病也　埂說文秦謂阬爲埂一曰堤封謂之埂

莄艸〔六〕莖　㹴恨也　峺硬礙也或从石　郠說文琅邪莒邑引春秋傳取郠〔四〕

𢲾挭欟〔五〕也或作挭　㬲日光　䨣雲皃　𧍞蟲名　○杏下梗切說文果也文七　莕荇荇艸名說文菨餘也或作荇莕　悻佷〔七〕也　胻脛也

鋞溫器　○卝胡猛切金玉未成器也文三　澋㵶〔八〕澋水回旋皃　撗撗〔九〕也

○𥄲苦礦切驚而擧目視一曰好皃文三　𥥛空也　䂄明〔一〇〕也　礦礦

鑛銂砉卝古猛切說文銅鐵樸石也或作礦鑛銂砉卝文十二　懭悍也　穬

【二七】坎
【二八】鄙
【三〇】目
【三一】瓶
【三二】門
【三三】叄
【三四】枝
【三六】禁

博雅固也陋闕人名宋有鮑陋○皿眉永切說文飯【二六】食之用器也象形文六盌說文北方謂地空因【二八】以爲土穴【二九】爲盌戶鷶鷶汗馬名盟盥信也次【二七】用牲加書或作盥
鄙縣名○眚𡭽省所景切說文視也从眉省从屮【三〇】徐鍇曰屮通識也一曰簡
也古作𡴁隸作省文二十一眚說文目病生翳也一曰過也㾪䯱瘦謂之瘠或从
骨媘說文減也𩕄博雅執【三一】𩕄瓶也渻清爾雅水出其前渻丘一曰水名【三二】一曰
少減亦姓或作清㮐說文木參【三三】交以支【三四】炊籅者也蛸蟲也生【三五】育也周時四乳
生八子陸德明說嗜慎言也𡪇閣柴【三六】署或从門通作省䓮艸名箵
竹名䰀長皃偗直皃𨛍【三七】地名○景影於境切物之陰影也葛洪始作

【三九】𣱵
【四〇】~~永~~
【四一】炯
【四二】~~也~~
【四三】𤇬火

影或書作𢕌文十三璟璄玉光也或从竟𩟄䭊𩜾餌也飽也或从英从竟
摬博雅擊也炴火光㢍廡也䙹視皃荊削也刺也䬮風高
皃○景舉影切說文光也又姓文十二璥【三八】說文玉也竟境界也或作境
儆擏說文戒也引春秋傳儆宮或作擏警說文戒也謂言戒憼說文敬也
檠所以正弓漢蘇武能檠弓弩或書作檠蟼蛙屬頴警枕擎除也○
永𣱵【三九】于憬切說文【四〇】長也象水巠理之長引詩江之永矣古作𣱵文三栐木名○憬
俱永切說文覺寤也引詩憬彼淮夷一曰【四一】遠行皃文十六璟王光烱【四二】炎蒸也暻
明也囧說文窻牖麗廔闓明象形𥴧竹名炅𤇬【四三】說火名一曰日光古作𤇬𣊒

[四四]䏯 ⿱臦大 臩
[四五]「⿱竹囧竹名」
[四七]沉
[四八]冷
[二]炯 耿 炏
[三]瞌

驚走也 炅耿 光也或作耿 [四四]䏯 闕人名周有伯䏯通作囧臩臩 獷 惡皃 㴄 水洄皃或从景 ⿱竹囧[四五] 竹名 ○澋 呼猛切水皃文一 ○憬 孔永切遠行皃詩憬彼淮夷沈重讀文一 ○令 盧景切官署之長文一 ○伉[四六] 杏切健力也何休曰辨護伉健者爲里正文五 挳 擊鍾也 硻 剛也 ⿱殸車 車聲 揁 琴聲 ○⿱艹冘 沉[四七]永切州名文二 泂 滄也 ○⿰月爭 側杏切足跟筋也文一 ○⿰氵⿰肅見 [四八]差梗切楚人謂令曰⿰氵⿰肅見文一 ○⿰言幸 虎梗切瞋語文一

三十九 ○耿[一] 古幸切說文耳箸頰也从耳烓[二]省杜林說[三]光也从光聖省文五 ⿱耿心 憂也 ⿱艹耿 博雅芋其莖謂之⿱艹耿 ⿱耿目 ⿱耿目⿱臤目有餘視 邢 地名通作耿 ○⿳夭廾巾

[四]夆
[五]很
[六]黽𪓋
[八]列 [十]水 [十一]逬
[一]靜

幸 下耿切說文吉而免凶也从屰从夭夭死之事故死謂之不㚔[四]隸作幸文七 倖婞 徼倖也一曰親也或从女通作幸 執 博雅執頷瓶也 悻 悻悻狠[五]怒也 ⿰言幸 言狠也 ○黽[六]𪓋 母耿切蟲名說文鼃黽也从它象形籀作𪓋文六 鼆 蟲名博雅冥也一曰句鼆魯邑名 鄳[七] 說文江夏縣 ⿰魚黽 魚名 ⿰目黽 ⿰目黽盯直視 ○皏 普幸切博雅白也文三 頩 色也 絣 氏人布名 ○⿰亻竝並 蒲幸切偕也或省文六 併[八] 博雅安也 ⿰魚竝[九]鮩 魚名或从并 ⿰虫竝[十] 木蟲名[十]似蛤 ○逬[十一]⿺辶𢆶 必幸切行急也文四 緈[二] 急絙也一曰布名一曰無文綺 ⿰糸竝 急也

四十 ○靜[一] 疾郢切說文審也一曰謀也文十九 竫 說文亭安也 靖 說文

[三]飾　[三]㣼　[四]眳　[五]陷
[六]莪　[八]靖
[九]門　[一〇]此
[一一]韓　[一二]也

立埩也一曰細皃又姓　婧　竦立皃一曰有財也　姘　博雅絜也一曰靜也　彭㣼
說文清[三]飾也古作㣼　睜睛　字林眧[四]睜不悅視也或从青　阱穽汬　陷[五]也或从
穴从水　猙　獸名飛狐也一說章[六]莪山有獸如赤豹一角音若擊石[七]名曰猙　䇌箐
竹名[八]或从箐　靚　召也一曰女容徐靚　清　潔也　埩　說文治也　頲　顯頲好皃
○省𡈪箵　息井切察也審也古作𡈪箵文十一　𢛳惺　悟也或从星　眚
過也　𣗪　組八　渻　說文少減也一曰水出丘前謂之渻丘一曰水名[九]亦姓　箵　笭箵
也　睲　視也　篂　箳篂車蔽簹　○請　此[一〇]靜切說文謁也文三　睛　眳睛
不悅皃　蜻　蟲名蟬屬　○丼井　子郢[一一]切說文八家一井象構韓形、[一二]罋之象古者伯

[一三]險　[一四]程
[一五]逞
[一六]欲
[一七]裎衣
[一八]浧　[一九]鞓
[二〇]梬

益初作井或省文三　郱　郱陘魏地山嶮[一三]名　○整　之郢切說文齊也文一　○徎[一四]
丈井切徑也文五　逞[一五]浧　通流也或省　裎　深衣　涇　寒也　○逞呈
丑郢切說[一六]文通也楚謂疾行爲逞引春秋傳何所不逞一曰快也或作呈文十四　徎　說文徑行
也　騁𩥢　說文直馳也古作𩥢　裎　說文袒也方言襌衣趙[一七]魏之間無裦者謂之裎　侱
役也　悜　憂也　浧[一八]　塗泥也　鞓[一九]　說文驂具也　睈　睈睈照視也　壬
善也　梬[二〇]　木名似柹　睛　眳睛不悅皃　○領　里郢切說文項也文八　嶺
阾　阪也或从自　柃　木名　衿　方言袒飾謂之直衿謂婦人初嫁上服一曰繞衿謂
之帬江東通言下裳曰衿　領　艸名　軨　車有和鈴也　徎　徑也　○頸　經郢

【二二】潁　【二三】頛　【二四】畒　【二五】檾

切說文頭莖也文二烴烴㷔焦皃○痙巨井切說文彊急也文二涇博雅寒也○廮於郢切說文安止也鉅鹿有廮陶縣文八⿰嬰阝說文地名巊巊㟰山皃癭⿱賏月⿰賏頁說文頸瘤也或从肉从頁⿰嬰欠怒氣炴火光○⿰埶頁渠領切博雅怒也文一○郢郢以井切說文故楚都在南郡江陵北十里或省文五梬說文棗也似柹浧泥滓漥說文清水也曰窊也【二二】潁庾頃切說文水出潁川陽城乾山東入淮豫州浸文五【二三】頛木名一曰錐柄一曰刀環一曰警枕穎說文禾末也引詩禾穎穟穟𤇾深池也⿱穴浧清水一曰窊也○頛騂頛切足八也文二擷竟也○頃⿰田頃犬頛切田百畝【二四】也亦从田文十一【二五】檾⿱艹頃苘艸名說文枲屬

【二六】選　【二七】仄　【二九】䶔　【三〇】畚　【三一】母　【三二】慏

引詩衣錦檾衣或作⿱艹頃苘擷博雅竟也𩫖說文小堂也或作廎烓博雅明也一曰小竈傾俄傾少選【二六】也通作頃⿰阝頃仄【二七】也○餅䴵必郢切說文麪餈也或从麥文十六鉼金鈑一曰鏞也併【二八】并合和也或省屏說文屏蔽也庰帲說文蔽也一曰覆也或从巾庰一曰廁也箳箳篂車蔽簹綆輪箄也辟除也莊子經信辟金䶔䶔齒偋偋倖密皃跰並足立皃琕玉名䶔【二九】畚【三〇】也○眳母【三一】井切眳睛不悅文三慏【三二】慏悜意不盡一曰憂也溟溟泠寒皃○頸九領切項也文一○⿱日取知領切日出皃文一○悜吁請切博雅狂也文一○⿰馬几如頛切馬行疾皃文一

〔一〕襌

〔四〕作

〔六〕唄

〔七〕熲 〔八〕茵

〔九〕熲 〔一〇〕男 〔一一〕香

〔一二〕冶以

四十一○迥 戶茗切說文遠也文十四 泂洞〔二〕說文滄也或从冫 炯光也 䕨熒䔛〔三〕艸名或省亦从迥 絅襌〔四〕也 琄佩玉皃爾雅琄琄刺素食也郭璞讀〔五〕 皛博雅白也 冂冋〔六〕㙟也或从冋 㯠桐〔七〕枰牀也或省 ○詗火迥切知處告言也文四 泂北燕謂襟曰泂 熲〔八〕火光 鶰鵖鶰鳥名似鷺色蒼 ○褧顈〔九〕犬迥切說文檾也引詩衣錦褧衣示反古或作顈文十 苘䔛〔一〇〕枲屬或作莔䔛 冋空也 絅䌹襌也或从帛通作褧〔一一〕 耿耿耿小明也 扃扃扃明察〔一二〕也 ○熲〔一三〕畎迥切說文火光也文十七 炅香〔一四〕說文見也或作香 鎣治器〔一五〕从金爲之 炯耿說文光也或作耿 洞泂寒謂之泂或从水 餇飽也 界

〔一四〕頴 〔一五〕乀

〔一七〕彝 〔一八〕聽

〔一九〕埛 〔二〇〕頂

〔二一〕涬

目驚 蝙蟲名似蛙 畎田畝也書岱畎絲枲劉昌宗讀 扃扃扃明察也 憬覺悟也 頴〔一四〕〔一五〕足八也曰篋也 䁭〔一六〕大目也 皛明也 ○濙瀅滎〔一七〕烏迥切泋濙小水皃或从瑩亦作滎瀅文七 𤇾〔一八〕說文深池也 熒瑩德熒疑惑也或从玉 ○婞悻倖〔一九〕下頂切說文很也引楚詞鯀婞直或作悻倖文十七 悻說文恨也 脛胻也 婞小皃 緈說文直也 涬溟涬自然氣也 涬〔二〇〕涬冷寒也 鋞溫器 鮏魚名 睲瞑目皃 鈃字林似小鍾而長頸 瓶博雅瓴甂瓶也 坓地名在趙 剄斷首也〔二一〕 誙誙誙趣死皃 ○謦棄挺切說文欬也文十三 漀說文側出泉也 𨆪〔二二〕一足行也 綮結處也莊子肯綮 汫

【二三】涇　【二四】臭
【二七】晚　【二八】斂
【二九】麇
【三〇】迴　【三一】茶

洴涏小水皃 熒 火乾出也 涇 泉也 磬 擊石聲 罄 盡也 高廎 小堂也或作廎 窒 空也 浧[二三] 寒也 ○到 古頂切斷首也文四 烴[二四] 焦皃 巠 巠 水脈也或作巠 ○巊 烟頂切巊嫇山高皃文三 瀴 瀴涬水皃 𩴧 巠猒 ○脛 研領切頲[二五]視也文三 娙[二六] 婞娙小皃 烴 焦臭也 ○鞞 補鼎切說文刀室也文一 ○頩 艵 普迥切美皃楚辭玉色頩以脕顏一曰斂容或从色文二[二九] ○竝 並 部迥切說文併也隸作並敓六[三〇] 併 並立也 䴵 白魚 蜱 蠯 蚉屬或作蠯 ○茗 榠 母迥切茶晚取者或作榠文十七 嫇 嫇奵自持皃一曰面平皃 瞑 瞑睥目不明 姳 好也 酩 佲 倶 酩酊醉甚或作佲倶通作茗 溟 涷皃

集韻上聲六

【三二】日　【三三】暗
【三四】皃　【三五】耵聹
【三六】協
【三七】蕮

溟 溟涬水皃 慏 意不盡也 眳 [三二]曰暗也 眳 目小也一曰眳睛不悅也[三三] 嫇 巊嫇山高皃 冥 暗也詩維塵冥冥 蓂 蓂莢瑞艸 艵 青黑皃 ○醒 銑挺切醉寤也文五 惺 悟也 箵 笭箵車笭也 燍 焦也 篂 箳篂車蔽簹 ○頂 頲 𩔃 顁 都挺切說文顛也或作頲亦从鼎从定文二十四 奵 嫇奵自持[三四]一曰面平 町 [三五]耵聹耳垢 鼎 鼑 說文三足兩耳和五味之寶器也昔禹收九牧之金鑄鼎荊山之下入山林川澤螭魅蝄蜽莫能逢之以協[三六]承天休易卦巽木於下者為鼎象析木以炊也古作鼑 薡 薡董艸名似蒲而細 酊 仃 酩酊醉甚或作仃 濎 澒 濎濘水皃或作澒 芋 艸名 葶 葶[三七]藶艸名能毒魚出熊耳山 靪 博雅補也一曰補履 屓

集韻上聲六

〔三八〕打梧〔三九〕錬〔四〇〕畝

〔四二〕壬

〔四三〕三

〔四四〕侱

〔四五〕頊狹

〔四六〕名〔四七〕閛

〔四九〕䔰〔五〇〕函

〔五一〕直也

博雅重也一曰待也展也 ⿰木鼎〔三八〕 朾廣雅㨖也或〔四一〕从丁 釘鍊〔三九〕鉼金 町田畞〔四〇〕謂之町 嵿山名 𡏖𡏖壇蟻封 打擊也 ○壬〔四二〕他頂切說文善也从人士士事也一曰象物出地挺生也文二十六 珽珵說文大圭長二〔四三〕尺抒上終葵首或作珵 徎侱俚〔四四〕也或作侱 脡脯朐也 ⿸鹿廷鹿走皃 侹說文長皃一曰著地一曰代也勇也 頲項〔四五〕說文狹頭頲也或〔四六〕省 町圢𡏖說文田踐處曰町或从土〔四七〕亦作𡏖 ⿱巛町田器也 艼艸名〔四八〕爾雅䔰艼熒 蜓蟲也 ⿱罒丁⿱罒令⿱罒丁小〔五〇〕網 閅門上關 挺直也 鋌廣雅鐵鏶鋌也 葶葶藶〔四九〕毒艸 ⿱竹丁竹函也 鯅全魚膌 霆迅雷 濎濎濴水皃 ⿱日丁空也 ○挺待鼎切說文拔也一曰臭〔五一〕

〔五二〕枚

〔五三〕霓

〔五四〕遪

〔五五〕朗

〔五七〕𩕳〔五八〕挺〔五九〕寍

持也一曰縣名在膠東文二十三 艇小船 鋌說文銅鐵樸也 梃說〔五二〕文一拔也一曰木名 娗說文女出病也博雅娗娗容也方言嫷娗僈也 霆爾雅疾雷為霆霓〔五三〕 莛艸莖 ⿰禾廷⿰禾定稻麥皃或从定 涏汫涏小水一曰波直皃 蜓蟲名爾雅蜓蚞螇螰一名蟪蛄 誔博雅訑也一曰欺慢 訂說文平議〔五四〕也 脡脯朐也 筳屋梁也通作莛 侹徑侹直也 靪博雅補也 遪博雅盡也 町鉤町縣名〔五五〕 汀汀濘泥淖也 閮門外啓謂之閮 烶火皃 䁝目出也 ○䈘朗鼎切䈘籝也通作笭文八 ⿱罒令罒令罒丁小網 泠水皃 冷𡫹冷寒〔五六〕也 酃⿰零阝縣名在長沙或从零 笭笭箵也 怜憭也 ○𩕳⿰寍頁〔五七〕乃挺〔五八〕切頂顛也或从寗〔五九〕文十 聹

耵聹耳垢 濘 水皃洱謂之濘濘一曰[五九]淖也 ⿰虫甯 𧓍 蟲名似蛙或从甯 橣 木名

薴 艸名博雅薴箸[六〇]荏蘇也一曰葶薴毒艸 鑏 吳俗謂刀柄入處爲鑏 ⿱竹甯 ⿱竹甯籯籯也 ○汫 徂醒切汫濙水皃文一 ○婧 績領切女有才也文一 ○鸋 呼頂切鶴鸋水鳥文一

四十二○拯承撜拯丞 舊說無切語音蒸之上聲說文上舉也引易[一]拼馬牡古或作承[二]撜拯丞文九 輊 軺車後登也或書作輊[三] 烝 氣上達皃 ⿸疒烝 骨[四]蒸病也 ○承 縣名 ○憴[五] 尺拯切憴悚愚皃文一 ○庱 丑拯切亭名在吳文四 崚踜 止也或从足 悚 憴悚愚皃 ○殑 其拯切殑殑欲死皃[六]文二 洗

[六〇]著

[一]拼 壯吉

[二]撜

[三]輊

[四]蒸

[五]憴

[六]也

洗洗寒皃 ○殑 色拯切殑殑欲死皃文二 洗 洗洗寒皃 ○凴 皮殑切凴也文一 ○耳 仍拯切耳也關中河東語文一 ○齒 稱拯切齒也河東云文一 ○澄 直拯切水清不流文一

四十三○等 得肯切說文齊簡也从竹从寺寺官曹之等平也文二 瞪 白也 ○倗[一]倗 普等切博雅不也从朋聲一曰从勿从人文四 鄳蒯 國名穆天子傳西征至[二]于鄳人或作蒯一曰縣名在扶風鄉路在鄠 ○肎肯肎 苦等切說文骨間肉肎肎箸也从肉从冎省一曰骨無肉[三]也或作肯古作肎文三 ○能 奴等切夷人語多也文四 ⿱能虫 蜂[四]類或从虫 ⿰口能 多言也 ○倰 朗等切倰鼟[五]長皃文一 ○鼟

[一]伆

[二]手

[三]冎

[四]蚌

[五]僜

[一]云　[二]宜　月　[四]姓　習　[五]黝　[九]阜

他等切倰䔲長皃文一○噌子等切水田文一○蹸徒等切蹸蹸行皃文一
○⿰阝朋步等切山名文一○⿱艹曾忙肯切目不明文三⿰忄⿱艹曾惛也⿸疒曾⿸疒曾⿸疒亘
癡也○⿸疒亘孤等切⿸疒曾⿸疒亘癡也文二緪急也曰大索
四十四有○有𠂇云[一]九切說文不宜[二]有也引春秋傳曰有蝕之一曰質也古作𠂇
又姓文十九右左右手也佑[三]佐佑助也友丵[四]習說文同志爲友从二
又相交友也古作丵習囿苑也盇盇器也或从右侑勸也栯木名
食之不妒⿰有鳥鳥名似雉黝[五]黑色博雅黝堊塗也莥艸名疚顫疚頭搖皃
䕡艸名从苗四禾⿰禾龍[六]兼有也鮪魚名似鱣長鼻○⿰歹丂朽許九切說

[一〇]糗　[一一]久　[一二]已　[一三]羊子　[一四]久　[一五]灸距眂㰘之切也　[一六]色　[一七]炊　[一八]種　[一九]齨

文腐也或从木文六疛病也殠臭也[一〇]⿰麥臭乾飯屑也扝䓍扝動也○糗
臬去久[一一]切說文熬米麥也或作臬又姓文六⿰食臭食物爛也𤛓牛無予搝
搝揭手舉⿰酉臭⿰酉勿⿰酉臭面醜○九巳[一二]有切說文陽之變也象其屈曲究盡之形文九久[一四]
說文从後灸[一五]之象人兩脛後有矩也引周禮久諸牆以觀其玖說文石之次玉黑[一六]者引詩貽我
佩玖灸說文灼也⿰火女[一七]說文女字也奞姓也韭韮說文菜名一穜[一八]而久
者故謂之韭象形在一之上一地也或从艸镹長也通作久○臼巨九切說文舂也古
者掘地爲臼其後穿木石象形中米也文二十二舅說文母之兄弟爲舅妻之父爲外舅或書
作舅齨[一九]說文老人齒如臼也一曰馬八歲齒臼也臬說文舂糗也茖字林艸名

〔二〇〕鴼　〔二一〕麔牝者

〔二二〕匶　〔二三〕籀

〔二四〕䵒

〔二五〕炄

〔二六〕黝堊

〔二七〕郇

咎說文災也从人从各各者相違也　俗諮說文毁也或从言　惢說文怨仇也　㭼木名　欲蹴皐也　瘩病也　鵅雒鳥名百舌也一曰烏鵅烏也或从隹亦書作鴼〔二〇〕　麔說文麔〔二一〕牝也　䓘艸名爾雅䓘鹿藿其實莥　鮥魚名說文當互也　馰馬八歲謂之馰通作齨　苩艸名　鮊魚名　柩匶〔二二〕棺也籀〔二三〕作匶

○懮於九切舒遲皃詩曰舒懮受兮文十五　䱂魚名　黝黝䵒〔二四〕輭也　怮怮忸欲死　怮呦怮忸〔二五〕欲乾或从日　⿰面幼⿰面幼醜面醜　嚶痛聲　欲歐也一曰蹙皐　梟春糗也　⿰魚奥魚也　坳邑名　黝博雅黝〔二六〕堊塗也一曰黑色　⿺風幼緒風謂之〔二七〕⿺風幼⿺風卯　褑福也

○酉丣以九切說文就也八月黍成可爲酎酒象古文酉之形古

〔二八〕丣丣

〔三〇〕湯　〔三一〕羑

〔三二〕卣　〔三三〕樽　〔三四〕亦作

〔三五〕歠言　〔三六〕楢楢

〔三七〕庮　〔三八〕究

〔三九〕𤩝　〔四〇〕惕莠

〔四一〕乎

文酉从丣丣〔二八〕爲春門萬物已出酉爲秋門萬物已入一閉門象也文三十六　牖說文穿壁以木爲交窻也譚長以爲甫上〔二九〕日也非戶也牖所以見日　羑說文進善也文王拘羑里在蕩〔三〇〕陰　羑〔三一〕　誘⿰言酉⿰羑需說文相訹呼也或作誘⿰言酉⿰羑需　卣〔三二〕脩中尊〔三三〕也文〔三四〕說脩　歠〔三五〕歠說文吉意也或省　槱楢〔三六〕梄積木燎之也或作梄楢通作蕕　庮說文久屋朽木引周禮牛夜鳴則庮〔三七〕謂臭如朽木　究〔三八〕貧病也　輶輕車也　琇璓玉名或从莠　𤩝〔三九〕遺玉也　蕕臭艸　莠說文禾粟下〔四〇〕生艸　⿱艹逌莤艸名或作莤　蜏蟲名晨生暮死　攸懸危皃春秋傳湫乎〔四一〕攸乎一曰所也徐邈讀　翛疾皃莊子翛然而往　媨醜也　⿰氵羑水名　⿰舟酉收弋繁具　梄木名　囮鳥媒也　戭

【四三】烋

【四四】刀

【四五】掃

【四六】貝

【四七】偩

長盾𥂎小甌也煪火也○缶缻俯九切說文瓦器所以盛酒漿秦人鼓之以節謌象形或从瓦文二十缹炰火熟之也或作炰亦書作烋【四三】否說文不也一曰口不許也又國名通作不不說文鳥飛上翔不下來也从一一猶天也象形⿰缶刀說文刀握也一曰以⿰歹刀【四四】掘取物鴀鳥名鷄鳩也⿰白缶白也痞病也婄博雅敗也妚⿰女缶好皃或作娝一曰女儀也芣衃艸名芘芣荍也或作衃秠字林黑黍一稃二米婄廣雅醜也⿰虫缶蠶卧⿰否阝地名蒪艸木莖葉舒布皃○紑孚不切衣絜鮮也文一○婦扶缶切說文服也从女持帚灑埽【四五】也文二十二負說文恃也从人守負【四六】有所恃也一曰受貸不償一曰荷也通作偩偩【四七】依也禮樂偩天地之情𠂤

集韻卷六

【四八】⿱罒⿸厂三

【五〇】⿱阜蚰

【五一】嘗秫

【五二】疏

集韻卷六【四九】

𨸏阜⿱罒⿸厂三【四八】說文大陸山無石者象形或作𨸏阜古作⿱罒⿸厂三⿰𠂤𠂤⿰阝𠂤說文兩𨸏之閒也从二𨸏隸作⿰阝𠂤⿰馬阜⿰阝馬馬盛也一曰益也或作⿰阝馬⿰火阜熾盛也⿰阜鳥⿰阜鳥雀鷂也通作負【五〇】蛗⿱阜蚰蟲名爾雅蛗螽蠜或从蚰通作阜蝜蟠蝝蝜蟲名或从帚萯艸名說文王萯也菩艸名服牝服車箱也草草鬱香艸缻瓦器○滫糔息有切溲也或作糔文八醙酒白謂之醙⿰糸須綇絆前兩足亦从酉餐饙也謏訹博雅誘也或作訹○酒子酉切說文就也所以就人性之善惡一曰造也吉凶所造也古者儀狄作酒醪禹嘗【五一】之而美遂疏【五二】儀狄杜康作秫酒或書作⿱覀酋文二愀愀然變色皃○湫在九切隘下也一曰著也春秋傳墊閉湫底服虔讀文四愀變色皃逎

［五三］⿱禾手　［五四］帚　［五五］冂　［五六］討　［五七］𠬪　［五八］𠷎

近也　婍博雅好也　○百𦣻首始九切說文頭也古文作𦣻巛象髮謂之鬊鬊即巛也或作首文十　手⿱禾手［五三］說文拳也象形古作⿱禾手　守㝊說文守官也从宀从寸寺府之事者从寸寸法度也或作㝊　艏舟也　䪺產而不䪻謂之䪺或曰人初產子　狩冬獵也　○帚［五四］箒止酉切說文糞也从又持巾埽［五五］內古者少康初作箕帚秫酒少康杜康也葬長垣或从竹文七　鯞爾雅鰍鯞小魚也　⿰日帚晭明也或作晭　⿰扌州執也　⿰豸周獸名　○醜⿰言鬼媿㗾齒九切說文可惡也或作⿰言鬼古作媿㗾又姓文六　⿱艹醜瑞州⿱艹⿰禾犮萿也　⿰壽攴籌也計也　○受𠬪［五七］是酉切說文相付也一曰承也从𠬪舟省古作𠬪文十五　授說文予也　綬說文韍維也　壽𠷎［五八］說文久也又姓古作𠷎

［五九］蹞狐　［六〇］㕯　［六一］鹿豆也狃　［六二］檍　［六三］浸沃㥻　［六四］饙　［六五］狩子隟　［六六］廋

⿰壽阝濤水名在蜀或从水　⿰受阝⿰壽阝鄉名或作⿰壽阝　㥅闕人名漢有武安侯㥅　⿰氵受水皃　幬棺也　⿰礻气久祭　璹玉名　○𠃬蹂忍九切說文獸足蹂地也象形九聲引爾雅狐貍貛貉醜其足蹞［五九］其跡𠃬篆从足柔文十九　⿰亻柔說文復也　煣　揉楺說文屈申木也或作揉楺　輮［六〇］說文車輞也　沑說文水吏也一曰溫也　葇⿱艹⿰禾柔菜名似蘇或从楺　鞣柔皮也　腬脜面色和柔皃或从頁　⿰禾柔⿰禾柔禾也　⿱艹狃［六一］犬狎也一曰習也　杻木名檍［六二］也　糅粈雜飯也或作粈　䊆韌也　○⿰氵叜溲叜所九切說文浸［六三］芺也或作溲古作叜文十一　⿺走叜走皃　颼颾飂風皃　餿饋［六四］也　醙白酒也　獀春獵名國語獀［六五］子農隟　⿸厂叟［六六］廋隈也

[六七]掫

[六八]丈

或从㝑 蓃白滓 ○𩊱𩌏楚九切束也或从芻文四 謅謅謅衆聲 棷博雅校棷柴也 ○[六七]棷趣側九切夜戒守有所擊也或作趣文六 搊㨲持也或从州 菆艸木子聚生 䖻蟲名 ○𣟴士九切聚也文三 鯫魚名 聚姓也 ○肘䏔陟柳切說文臂節也从肉从寸寸手寸口也或作䏔通作䐢文八 疛𤵡𤸫䐢說文小腹病或从肘从壽从肉 扭手轉也一曰按也 䖟海蟲名似人肘形 ○丑敕九切說文紐也十二月萬物動用事象手之形時加丑亦舉手時也文七 杽杻𨥁鈕說文械也或从丑亦作𨥁鈕 莥說文鹿藿之實名也 吜聲也 ○紂䩜[六八]丈九切說文馬緧也或从革紂一曰商辛別號文九 鮦[六九]鮦陽縣屬汝南

[七二]罶𦉰

葤薵艸苞物也或从壽 𥮜竹易根而死 聚姓也 䐢髀骽曰䐢一曰小腹病 懤[七二]愁毒也 ○[七三]桺柳力九切說文小楊也一曰聚也一曰柳谷日入處隸省文三十二 罶𦉰𦌾說文曲梁寡婦之笱魚所留也或省亦作𦌾 珋石也 茆艸名說文鳧葵也引詩言采其茆 䉧竹名 懰𡛤嬼好也或作𡛤嬼通作嬼 綹說文緯十縷為綹一曰絲十為綸綸倍為綹 熮火皃一曰灼爛 鉚美金 瀏說文流清皃引詩瀏其清矣 颲飀緒風謂之颲颲或从劉 𪕋竹鼠 蟉蚴蟉龍皃 𦒿糾𦒿相引皃 留昴星別名[七四] 蔞僂𨋤𨍑喪車飾也或作僂𨋤𨍑通作柳 𡢽婪婦 藰艸名葦蓤也 𠛚割也 泖水皃 𦾔

〔七四〕臯 〔七五〕椄
〔七六〕网
〔七七〕刺 〔七八〕妞

蕳薩艸名鉚餌也抑捫也○紐女九切說文系也一曰結而可解文三十沺湮也
忸愧也鈕玨說文印鼻〔七二〕也或从玉亦姓䏔說文食肉也䵺黏也扭案〔七三〕也
猱習也狃說文犬性驕也䢮說文地名莥蓾蓲爾雅蓾鹿蘿其實莥
或从𦙍粈飷說文雜飯也或从食秈禾栗〔七九〕弱者杻木名爾雅杻檍似棣
从紐
細葉材𠃼蹂獸跡或作蹂輮車軔也揉撓之杻說文
中〔八〇〕車輞刺
也閈門關也沺水名在汝南妞姓也高麗有之炄㶊炄欲乾殂〔八一〕
㶊殂欲死䋴䊆䋴輭也袓衣柔也○憶愭匹九切小怒也或从音文六
紑鮮衣也秠字林黑黍一稃二米歅唾聲一曰唾而不受霁霧也○

〔二〕厚 〔三〕𣆪 〔三〕山
〔四〕𠂆
〔五〕幺夂

鱡牛久切齒差也文一○柚羊受切枳屬文一
四十五○厚㕏厚垕𣆪很口切說文山陵之厚〔二〕也从𣆪从厂又姓隸作
厚古作垕
𣆪說文厚也从反亯徐鍇曰亯者進上也以進上之具反之於下則厚也
𣆪文十四
后說文繼〔四〕體君也象人之形施令以告四方故厂之从一口發號者君后也〔五〕又姓茩艸名
說文薢茩也
姤遇也後逡說文遲也从彳幺夂者後也徐鍇曰幺猶躧躓之也亦姓
古从辵
郈說文東平無鹽鄉又姓呴欲吐也一曰怒聲詬訽謑詬恥也
或作○吼呴吽吼許后切說文厚怒聲或作呴吽吼文十一㸴䦲
訽
郭璞曰青州呼犢爲㸴或从后蚼蚼蟲名蚍蜉也或从后吼風聲〔六〕莊子萬竅怒呺徐邈

〔七〕貌
〔九〕㪗
〔一一〕以

讀竘方言治也謂治作也犼北方獸名似犬食人○口去厚切說文人所以言食也象形又姓文十一訽叩說文扣也如求婦先訽叕之一曰訽訽笑也或作叩扣說文牽馬也敂擊也通作扣叩說文京兆藍田鄉釦說文金飾器口⿰牛口⿰牛后牛名或从后竘博雅治也一曰巧也健也劬劬用力皃○耇舉后切說文老人面凍黎若垢或不省文二十一茩薢茩艸名詬詢辱也或作詢敂〔九〕扣也玽說文石之次玉者岣岣嶁山顛一曰岣嶁衡山名垢說文濁也一曰塵也或作坸苟蒟〔一〇〕說文艸也一曰且也或作蒟又姓鮈鯷鮈魚名笱⿱罒句說文曲竹捕魚笱也或作⿱罒句狗說文孔子〔一一〕曰狗叩也叩气吠以守

〔一二〕一千
〔一三〕瞉
〔一五〕驟　〔一六〕汝　〔一七〕山
〔一八〕羨

豿熊虎子也漢律捕虎〔一二〕購錢三其豿半之是也通作狗⿰木苟枸木〔一三〕名博雅⿰木苟乳若杞也或作枸蚼說文北方有蚼犬食人〔一四〕⿰牛句青州呼犢子曰⿰牛句○毆敺摳於口切說文捶毄〔一四〕物也或从攴从手文十六歐嘔咯欲⿰谷各欣說文吐也或作嘔咯欲⿰谷各欣⿰衤區博雅〔一五〕袼⿰衤區次〔一六〕衣也一曰編枲頭衣塸沙堆山〔一七〕山名在陽羨〔一八〕⿰牛后⿰牛區牛名或作⿰牛區甌西甌駱越別種饇飽也○偶語口切說文桐人也一曰儷也通作耦文十一耦說文耒廣五寸爲伐二伐爲耦髃腢說文肩前也或从肉甌博雅缶也媀女字蕅藕⿱艹偶說文芙〔一九〕蕖根或从耦从偶喁于喁聲相和也湡水名在襄國○⿰扌保拊〔二〇〕詖口切說文衣上攴也或作拊文四掊

〔二一〕晴　〔二二〕冢　〔二三〕麩　〔二四〕䫌　〔二五〕菵夂　〔二六〕犃

擊也掊掊擻振也○剖普后切說文判也文十五婄婄娝婦人肥皃一曰不才
髻髮短皃蔀菩艸名或省蔀暗〔二一〕也小也一曰星名䳝䧵雀名或从
隹否相與語唾而不受棓何休曰凡無高下有絕加躡板曰棓齊人語䈬
篰篰篾也一曰竹牘或作篰醅醉飽蓓華葉布也掊擊也○部
蒲口切說文天水狄部一曰統也界也又姓文十八〔二二〕培㟝垺附博雅培塿〔二三〕家也或作
㟝垺附脴豕肉醬䴺餢䴺麩餅也或从食䫌說文䫌也錇〔二四〕廣雅
瓶也蔀艸名廣雅蒳蔀魚薺也一曰術〔二六〕家推閏法爲蔀首篰䈬說文篰篾〔二五〕也或作䈬
犃廣雅㹀犃雄也〔二七〕一曰牛短首謂之犃娝女字勏勏励用力箁竹葉也䳝

〔二八〕妝褱　〔二九〕某　〔三〇〕鬼　〔三一〕革　〔三二〕碍　〔三三〕宮

䳝鴀鳥名○母莫後切說文牧〔二八〕也从女象褱子形一曰象乳子也文三十七拇胟
說文將指也或从肉𨀇踇足將指踇行皃畮畞畝說文六尺爲步步百
爲畮或作畞畝䒀說文艸也某槑說文酸果也古作槑厶且〔二九〕字也通作某䳇
䧟鸚䳇能言鳥也或从隹牡䮂說文畜父也或从馬㹀猦㹀獸名茻
衆艸也莽南昌〔三〇〕謂犬善逐菟〔三一〕艸中爲莽姆女師也坶地名在朝歌楳
愛也䃕雲母〔三二〕藥石名苺艸名罞䍙罺罔也或从毋从母牳牛名
㺳豕名戊中宮〔三三〕也茂美也瓿瓦器𦍩〔三四〕六月羕蓩艸聚生皃
䵏麥也痗病也牟中年地名○叜𡨧𠋯叟傁蘇后

或从豆亦省文九　揄引也　襡博雅袖也一曰短衣　蕍艸名一曰編艸坐具　鵃水鳥名　缿說文受錢器也古以瓦今以竹　鈄姓也　○塿塿朗口切培塿小阜或省文十六　嶁山巔也　膢嬴膢縣名在[五四]蒼梧郡　甊博雅甊甊瓶也　䴹䴹䴹饠餅也司徒[五五]儀吏死祭用䴹䴹三十千寶說　漊溝也　謱嘍方言謰謱拏也或从口　䅹䅹耕畦[五六]謂之耬[五七]或从耒　簍竹器也　𢒉多也　𥗼石也　蔞艸名　𢿇字林斢斢奪取物　○㝅[五八]𣪩𣪩𣫗乳吼乃后切乳子也或作𣪩𣪩𣪩𣫗乳吼文十二　穀虎乳也通作[五九]𣫍穀　𣲩說文水也一曰酒也　陾衆也　檽構[六〇]檽木名可染紫也　媷婄媷女肥皃　○鯫才垢切小也亦姓文一　○

[五五]干
[五六]穜
[五八]𣪩𣪩𣪩
[五九]穀
[六〇]染

齺初口切樂音美也文一

四十六　○黝幽於糾切說文微青黑色或作幽文十八　怮怮怮憂也　𣢾說文蹴皐[二]也　𣢾𣢷愁也或省　眑靜也　岰山曲皃　泑說文澤在昆侖下山海經有泑山蓐收居之[三]　𪸕𪸕炪欲乾　颵颵颵風聲　䱂說文魚名　蚴𧌑蟲名博雅蚴蜕土蜂一曰蚴蟉龍皃或从幽　呦鹿鳴　拗抑也　㘬黑壤　蟉蟉蚪盤曲皃　○糾[四]糺吉酉切說文繩三合也或作糺文七　赳說文輕勁有才力也　朻木也爾雅朻者聊[六]　鬮[七]鬮取也　𡤿竦身也　觓角皃春秋傳展觓角　○虬蟉渠糾切龍皃或从翏文二　○𡤿苦糾切竦身也文一

[二]鼻
[三]崘
[四]糾
[五]勁
[六]聊
[七]鬮　鬭

〔三〕寑 〔四〕𥨴 〔五〕寢 〔六〕爪 〔七〕日 〔八〕貝 〔十〕𩟗日 〔十一〕濡 〔十二〕宷

四十七〔一〕○寑㝲𡪢寑寝 七稔切〔二〕說文臥也籀作𡪢古作㝲寑寑文〔三〕十 𥨴〔四〕視皃 沁水名 浸浸浸寒皃 寢〔五〕寢說文病臥也或作寢 鋟爪〔六〕刻也公羊傳鋟其板 醑〔七〕甜也一曰歃酒 蔓蔓說文覆也或省 梫梫木名說文桂也或省 祲妖氣 㾛𩕄體陋也或从貝〔八〕 𩕄懦劣也通作𩕄 ○罧槮 斯荏切積柴水中以取魚或作椮文四 伈博雅〔九〕伈伈懼也 沁水名 ○𨣧 子朕切說文歃酒也文九 𩟗〔十〕博雅美也一曰味小甘也通作𦢊 𦢊脣病 濅〔十一〕濅淫也漸也或作濅 𤺋痛疾 𥦂地名孫叔敖邑 鋟博雅錐也 𩕄𩕄𩕄頭長 ○蕈 慈荏切說文桑葜也文一 ○宷〔十二〕審 式荏切說文悉也知宷諦也或作審亦姓文二十九 諗說文深諫也引春秋傳辛伯諗周桓公 瞫覘說文深視也一曰下視一曰竊見亦姓或从見 眹視也 𤘻牛名 㜝貪頑也一曰志下 淰魚駭皃一曰濁也 鯰魚名一曰大魚爲鮺小魚爲鯰 魷魚子 蕈桑葜 檶棯木名或从念 𡾞山名 沈邥國名亦姓或从邑 槮罧積柴水中以取魚或〔十三〕作罧 腍孰也 蕃州名 瀶瀶淪水流漂疾 訦燕代謂信曰訦 覃耜〔十三〕利皃 潹潹瀺水動皃 椹桑子 𤋥侵火也 魫大魚 嬸俗謂叔母曰嬸 ○瀋沈 昌枕切說文汁〔十四〕也引春秋傳猶拾瀋或作沈文四 瞫〔十五〕闕人名春秋晉有狼瞫 顑弱〔十六〕也 ○枕 章荏切說文臥所薦首者文四 䫩說文項枕也 𩕄頭俯皃一曰頭銳而

〔十三〕耜 〔十五〕瞫 〔十六〕顑顑

〔一七〕魷〔一八〕甚〔一九〕也遇

〔二一〕腍

〔二二〕齋

〔二三〕羊

〔二四〕撳

長也魷〔一七〕魚首骨○甚〔一八〕邑㔽食荏切說文尤安樂也从甘甘匹耦〔一九〕一曰遇也古作邑㔽文十葚〔二〇〕䕨椹說文桑實也或从桑从木訦信也抌方言推也魿魚名魷魚子〔二一〕○飪餁餖肝恁腍忍甚切說文大孰也或作餁餖肝恁古作腍通作餘文二十稔說文穀孰也引春秋傳鮮不五稔恁〔二二〕說文下齋也徐鍇曰心所齋卑下也一曰思也或書作恁衽說文衣裣也䇮單席通作衽荏艸名說文桂荏蘇集說文弱皃或書作栠棯荵木名爾雅還味棯棗或从艸羊〔二三〕說〔二五〕文撳〔二四〕也从干入二爲羊言稍甚也任佞也妊說文孕也䄒禾弱也潭水〔二六〕動𤻧

〔二七〕酣〔二八〕踔〔二九〕毒〔三〇〕䠞

〔三一〕穀〔三二〕藤

〔三三〕博〔三四〕刺〔三五〕椓

駭恐皃槮積柴水中以取魚䫩頵䫩儒弱皃沁水名出上黨○墋湛楚錦切土也一曰不清澄或从甚文十一磣物雜砂也醦博雅醋〔二七〕也跈跈蹲〔二八〕行皃瘆駭恐皃謲陰言讖之也慘毒〔二九〕也䮓馬聚〔三〇〕皃䬩食有沙蔘覆也○顉顩士痒切醜皃或作顉文五魿鯵小魚羹也或从岑岑山厓○稟筆錦切說文賜穀〔三一〕也文三癛疾也藁艸名藤〔三二〕也○品丕錦切說文衆庶也又姓文一○𣪠陟甚切說文下擊上也一曰禁也文十黮博雅黮黰私也一曰深黑抌戡說文〔三三〕深擊也一說楚謂搏曰抌或作戡黕污也戡揕刺〔三四〕也或从手碪用石椓〔三五〕也勘用力也眈出頭俔皃○踸〔三六〕

【三七】錐
【三九】椺　【四〇】槌者
【四一】黪　【四二】㐭氣
【四三】㐭氣

踸踔丑甚切說文踸踔行無常皃或作跉踔文十顒顒顡儒劣皃鬖多皃
闖馬出門皃鍖鍖錐【三七】聲不進皃嵁山高皃湛湛潭水皃眈出頭
視也通作闖○朕𦨉直稔切我【三八】也古作𦨉文十一㴸水流【四〇】皃黱黑色
鰧魚名似鱖𪚩龍類能興雲霧栚【三九】榺說文槌之横也關西謂之楪或作榺䏙
瓜青膚曰䏙橝屋梠前也黮黮汚也一曰黮【四一】黮果實壞皃○㐭廩稟【四二】
廩稟力錦切說文穀所振入宗廟粢盛倉黃㐭而取之故謂之㐭从入回象屋形中有戶
牖古作㐭稟或作廩稟文十九𢷾方言殺也一曰自關而西謂打爲𢷾懍伈懼皃或作
伈古【四三】通作㐭氣菻䕲說文蒿屬或从廩檁屋上横木澟凜說文寒也或从

韻二卷六　十六

【四五】僾
【四七】鉎
【四八】栖
【四九】也

廩顲作色謂之顲【四三】一曰顧顲不飽一曰瘠也鄻說文地【四四】名癛寒病㐭
說文僾【四五】火也箖博雅【四六】翳也澟淒清也○拰尼凜切搦也一曰拰搦調弓皃
文三錐鈓鍖錐【四七】聲不進皃或省○藫潭湛以荏切藫藻水動也或作潭湛
文五栖【四八】鄉名在濟北㐭火盛也○廞㢞義錦切興也喪禮有廞車服或
从今文三澿寒【四九】皃○坅丘甚切埋倉坎也文九趛趝低首疾趨謂之趝或
从今顉𩓣頤曲上曰顉或从金顩𩕄顩顩醜皃或从金昑明也捦
持物○錦居飲切說文襄邑織文文二礏石名○噤渠飲切寒閉口也文
九唫說文口急也𩕳廣雅怒也一曰𩕳𩕳儒劣澿寒皃㯫闕人名漢

〔五〇〕衾　〔五二〕噫也　〔五三〕軌　〔五五〕始　〔五七〕頭

有劉　蘩州名　懔勤也　㬎絲小繭　蕈菌生木上　○㱃飲歠[五〇]衾㱃衾衾淦酓　於錦切說文歠也或从食古作衾㱃衾衾淦酓文十一　瀶水大至也　暗暗醷[五二]聚氣兒李軌[五三]說　黯黯黮果實壞兒　嶔山岑兒　○魿牛錦切蘮也文十一　僸嬐仰[五四]頭也或作嬐　趛說文低頭疾行也　廞興也　岑崖岸也莊子[五五]未離[五六]於岑　廞大屋　顩顩顩醜兒　嵒巉嵒山兒　埁坑也　吟噤吟頷頤兒　○嶜集荏切嶜嵒山兒文一　○咕當審切啚也文一　○顲側踸切明[五七]俯兒文一

四十八○感古禫切說文動人心也文十九　匵篢箱類或作篢　䃭

〔三〕灝　〔五〕鹹　〔六〕䕭　〔七〕戀　〔九〕顑　〔一三〕夅文

以石蓋[一]一曰石篋[二]　灨贛䪞水名出南康或作贑顲　竷蓋也　灝[三]豆潘也　憾[四]鳥聲　鹹醶鹹[五]味或从酉　贛[六]說文酒味淫也　䕭[七]說文艸也一曰薏苡通作贛　籟竹名有毛　鱤鰔魚名魠也一曰[八]黃頰或省　㺂犬名　鱝魚名　○顑[九]虎感切說文飯不飽面黃起行也文七　喊博雅可也　㰹气盛也　䎦飛兒　㙳土起　𣡘[一〇]木裂　䞩走兒　○坎⿰山臽埳苦感切說文[一一]陷也或作⿰山臽埳文十九　竷說文繇也舞也樂[一二]有章从章从夅从夂引詩竷竷舞我一曰擊也通作坎　錎連鐶也　歁說文食不滿也　惂說文憂困也　轗轗轗軻車行不平也一曰不得志或从感　欿欿然不自滿足意一曰欲得也　壏壏坷不平　顑顲首動也或

〔一四〕贛
〔一五〕頷
〔一六〕東

省虩虩屬澉濁也臽小阱厰陖岸竷〔一四〕扻擊也或作扻○頷〔一五〕
戶感切說文面黃也文三十四頷⿰口函肣說文顄也或作⿰口函肣顄頤也⿰女含含怒
也⿰山含山皃撼撼說文搖也或从感⿰巾函⿰衤函巾擁耳也或从衣肣
牛腹也淊說文泥水淊淊也一曰繅絲湯憾感恨也或省⿰火函灼爛涵
水澤多也㮎〔一六〕說文木垂華實从木马马𠰯說文嘾也艸木之華未發圅然象形或从
口菡說文菡藺也通作⿰圅欠⿰圅欠欿欲得也或作欿荅⿱艹頷開華也或作⿱艹頷⿱髟含
髮短皃蜭蟲名說文毛蠹也⿰口⿰圅欠聲也圅䐄口上曰臄口下曰圅或从肉
⿰土感⿰土感坷不平邯邯淡豐盛意顏師古說泔滿也漢書柜邑泔淡一曰泔淡水皃

〔一九〕于

虩虎聲○晻隌暗鄔感切說文不明也或作暗暗文三十一黤說文
果實黤黤黑也盦覆蓋也黤黯深黑色或从音⿰氵闇說文水大至也腤
腤腩調飪也罯說文覆也揞博雅藏也唵博雅唅唵也一曰手進食䁆
⿰耒奄⿰禾奄種田也或从耒从禾⿰木奄蹇也韽鍾病聲周禮微聲韽戚衮讀闇
隱晦皃禮記君子之道闇然而日章厭沈溺意莊子其厭也如緘暗暗醯聚氣皃黬
釜底黑也淊濁也〔一七〕醃醃醃香也蓭繁茂也⿰酉音醅醆感容䨄雲氣
盛也⿰女含含怒也〔一八〕埯阬也揜掩覆取也或从奄⿱穴弇窒也○顉
頷頷〔一九〕五感切說文低頭也引春秋傳迎于門頷之而已或作頷頷文八⿰女含說文含怒

【二三】呵
【二四】糌
【二五】槮　【二六】入
【二七】侲　【二八】瞇
【三〇】蟁蝱　【三一】朁憯

也一曰難知也引【二〇】詩頤大且嫿 嵁碪 嵁【二一】嵃山形或从石 僴【二二】 癡也 噉 可【二三】也 ○
糂糣【二四】糝餕 桑感切說文以米和羹也一曰粒也籒从朁古从參或作餕文十五 嘇
啗嘇物在口中也 傪𢔁 鎖傪動也或从彡 粽 蜜漬瓜實曰粽 捺 撼捺搖也
槮【二五】 聚柴木水中魚寒人【二六】其裏因以簿圍捕之 顲 鎖顲首動皃【二九】 參 雜也儀禮有參
侲【二七】 瞇【二八】 視也 倸 僋倸無儀 濁 水皃 ○ 慘 七感切說文毒也文十四 憯
𤺦 說文痛也一曰憯也或从疒 噆 銜也莊子蟁【三〇】蝱噆膚 朁【三一】 說文曾也引詩朁不
畏明通作憯噆 黲 說文淺青黑也一曰敗也 傪 好皃 嫪 嬠 說文婪也或作嬠
懆 說文愁不申也通作慘 醦 醢醦感容 參 參譚衆多皃 縿 淺紺繒也

集韻上聲下

【三二】寁
【三四】子
【三五】歜　【三六】葅
【三七】踺
【三九】衴　【四〇】井
【四三】鬢　【四四】顩
【四五】橮[贑]

顲 鎖顲搖頭 ○ 寁【三二】 子感切說文居之速也文十 昝【三三】 姓也出蜀郡 撍
毛【三四】動也或从昝 簪疌 速也易朋盍簪王肅讀或作疌 坅 坎也 噆 銜也
潛 地濕 喒 喒喒味也 ○ 歜【三五】歜 徂感切昌蒲殖【三六】也或从艸文九 𠞿 刺也
䠎踺【三七】 弓張弦也或从寁 鐕 綴物也 慚 鎖慚望也 鯵魿 博雅鮝也
或省 ○ 黕 都感切說文滓【三八】也垢也文二十一 眈 虎視也 抌敁 刺也擊也或从
攴 衴【三九】 緣也 紞 說文冕冠塞耳者 𡖋 多也 瓭 博雅瓶也一【四一】曰瓦屬 井【四〇】
投物井中聲又姓【四二】 炈 博雅禁【四三】也 澸 水湟 吮 鳥【四四】聲 芜 艸名知母也 馾
馬名 髧 鬖【四三】垂皃 䉶籫 竹名或作籫 頕 顲頕醜也 篋匳攢 篋【四五】【四六】類

〔四七〕禣

〔四八〕⿱肬皿醓乾
⿱沈皿醓粱麴

〔五〇〕⿰言感

〔五一〕含

〔五二〕窞　〔五三〕窔

〔五五〕菡

或作醠檟○禫〔四七〕他感切說文衣〔四八〕博大文十三⿰月冘說文肉〔四九〕汁滓也⿱肬皿⿱沈皿⿰酉⿱冘皿
酖說文血醢也禮有⿱肬皿醢以牛脯粱麴鹽酒也或作⿱沈皿醢醓⿰忄尋⿰忄尋忒心不寧⿰言尋⿰言尋〔五〇〕誌
言不定嗿說文聲也引詩有嗿其饁黮說文桑葚之黑也⿺走冘⿺走冘踔行進退也
僋無檢也㐁吐舌皃一曰竹皮○禫徒感切除服祭名文三十二髧
⿰亻冘髮垂皃詩髧彼兩髦或从人譚大也亦姓瞫市先入直也⿰米覃說文
糜和也〔五二〕醰厚味嘾說文含〔五一〕深也覘眈徐視謂之覘或作眈偡齊也
窞說文坎中小坎也引易入于坎窞一曰旁入也突〔五三〕竈突也黮廣雅黑〔五四〕也霮
䨵黮霮䨴繁雲或省亦作黮藺萏蓞欿說文芙〔五五〕蓉華未發爲菡藺

〔五六〕⿱艹欿　〔五七〕潁　〔五八〕軌

〔六〇〕玄

〔六一〕字　〔六二〕壈

〔六三〕顩

已發爲芙蓉〔五六〕或作萏蓞欿橝木名湛水名周禮其浸潁〔五七〕湛李軌〔五八〕讀鐔劍口〔五九〕
也歁博雅歁歁盛也䆲曲內也太女〔六〇〕雷推欿䆲碪再春啿啿啿豐厚皃
撢揞也⿰女覃女〔六一〕名憾不安也蕈桑英〔六三〕○壈壈盧感〔六二〕切坎壈不
平一曰失志也或作壈通作轗文十九〔六四〕懍焦黃色顩說文面顑顩皃〔六五〕轗輡轗
車不進澰清也漬也漤汁也浨字林藏梨汁也醂藏梻也一曰桃菹
⿰扌林方言殺〔六六〕也一曰打也懍廩坎懍困極或作廩⿰女林好皃醶酢醬⿱人林
⿱⿱人林心悲愁皃〔六七〕一說林木君子所感故宋玉曰入林悲心或从心婪惏不謹也一曰卜人詐
告吉凶也或作惏窞王肅曰坎底也○湳乃感切說文西河美稷保東北水文十四

[六八]臑　[六九]䎃　[七〇]穇

[七一]草

[七二]嘗　[七三]喃

[七五]从

[七六]叐　[七七]馬　[七八]䎃

[一]取　爻

[三]濩　[四]窊末

[六]壁

[七]嵌　[八]門

腩䣸䐶臑也或从酉亦作䐶　揇搦也　䎃[六九]博雅䎃䎃羽也　𥺦穇茹也[七〇]　萳
[七一]艸長弱皃　䈒竹弱　淰博雅濁也　喃嚐[七二]喃嘗也　暔夷[七三]名唐有暔國　罱[七四]
取魚具　醰醬也　○縿幓所感切旌旗正幅或[七五]从巾文四　㵌㵌淪水漂疾皃
霯小雨也　○奓[七六]莫坎切首飾文一　○䎃[七七]如坎切鳥翼下細毛文一
四十九　○𢽎𣪋𣪊敢　古覽切說文進也从受古聲古作𢽎𣪊隸作敢
文八　橄橄欖[二]果名　澉澉䉡[三]味淡　䈴大竹　礛礛䃭[四]模未賦大食國酋長名　○喊
嚂虎覽切聲也或从監文九　𡐞壏[五]堅土也或作壏亦書作[六]𡒬　巘嵌溪谷皃或
作[七]散　闞聲[八]犬皃从門　𤞿犬聲　厰山險　○澉胡敢[九]切澹澉洒滌也文一　○厰

集韻上聲六　三三

[一二]毋

[一三]以

[一四]泉

[一八]棘　[一九]壁

[二〇]菿萑　[二一]雖

集韻上聲六　一三

口敢切嶮也文四　𧇡甝屬　䶢鹼酸[一三]苦味　餡飢也　○黤烏敢切博雅忘也文
一　○婼[一二]母敢切鄉名在河東文一　餡[一一]吳人謂哺子曰餡　○䭙子敢切澉饏無
味也文三　帛繒未緶也　𨡕醬也　○槧[一四]在敢切斷木為槧文七　鏨博雅鏨鐫謂
之鏨或書作鏩　嶄嵌山皃或作嵌　䗞縮朒皃太玄䇃䗞踧　𪇰鳥名䳪也　摲
擊也　○厰五敢切山石皃文二　㑣仰首皃一曰好皃　○灡賞敢切水皃一曰果[一五]勇也
文二[一六]　摲芟也　○膽覩敢切說文連肝之府文八　磰[一七]石磰藥石　黵說文大污[一八]
也　[一九]鸇䳩鳥名羽青黃色或从隹　噉噉棶蔭也　薝薝棘[一八]艸名　甗罌[一九]屬
○剡菼吐敢切[二〇]說文雚之初生一曰薍一曰鵻[二一]或作菼文十一　緂綅緂

說文帛騅色引詩毳衣如緂或作緂䋭　毯毳席　裧毳衣謂之裧　⿱罒緂魚罔　黵杜覽黑[二十二]也　倓安也荀子倓然見管仲之能　厰山[二十三]險　○啖啗噉餤嚪杜覽切說文噍啖也或作啗噉餤嚪文二十　澹水皃　⿰酉炎醨也　淡說文薄[二十四]味也　憺惔說文安也或从炎　⿱竹淡竹名　⿱穴炎爨突謂之家　⿰舌炎舌出也　賧蠻夷贖罪貨通作倓　⿱炎食無味也　濫竹聲　倓⿰倓刂博雅靜也或从剡　菼⿱艹剡艸名爾雅薍也或从剡　○覽魯敢切說文觀也又姓文十　擥攬⿰扌監說文撮持也或从覽从監　欖⿰木窨橄欖果名或从窨　爁火焚也　灠濫漬果也一曰染[二十五]也或作濫　⿰酉監泛齊行酒也

[二五] 染

五十　○琰以冉切說文璧上起美色一曰圭之銳上者文一十五　剡掞說文銳利也或从手　⿰足炎⿰足炎⿰足炎疾行也　⿰火舌說文火光也　燄說文火行微燄燄也　⿰火豔　淊淡瀲灩水滿皃或从臽亦作淡　⿰氵閻博雅汙也　⿰糸閻方言未[一]續也　睒暫視皃　扊[二]闚謂之扊扅[四]　⿰甘炎味甘也　棪木名說文遬[三]其也子似柰赤而可食　⿰木⿱⺮炎廣雅篕⿰木⿱⺮炎謂之籧篨通作棪　⿰禾炎覃利耜也或作覃　⿰炎炎火華也　閻地名春秋傳戰于䰟閻　錟利刃也史說[五]錟戈在後　櫚[六]方言秦晉續折木謂之櫚　夵本廣未[七]狹謂之夵　⿰犭炎山海經女和月母之北有國曰⿰犭炎氏　⿸疒剡傷也　○燄習琰切火行微也文四　剡利也　棪木名膠可和香爲蘇合　銛臿屬　○脥

[一] 末

[二] 門

[三] 遬

[四] 鑯

[五] 記

[六] 析木

[七] 末

〔九〕也 〔一〇〕面子
〔一一〕上 〔一二〕𥜛
〔一四〕嬐 〔一五〕閑
〔一六〕志 〔一八〕坑
〔一九〕膱

謙琰切腹下也〔九〕文三 㥦恨也〔一〇〕 唊猴頰藏食曰唊 ○黶黬於琰切說文〔一一〕中黑也或作黬文十五 靨面黑子〔一二〕一曰酺也〔一三〕 壓塞也 魘驚夢也 擪持也 𥜛禳也通作厭 𥢑禾稻不實也 酓說文酒味苦也〔一四〕 嬐女有心嬐嬐也 檿〔一五〕說文山桑也引詩其檿其柘通作酓或書作𣠞〔一六〕 㾐瘍痂也 厴蟹腹下甲 厭開藏也一曰厭欿〔一七〕地名 黭志也 ○湛㵝琰切博雅湛湛露也文一 ○纖纖琰切〔一八〕槌紐也文二 彡羌姓漢有西羌彡姐 ○醶七漸切博雅酢也文六 塹坑也 憸 㥶詖也一曰憸憸多意也或作㥶 驗市先入直若今贉錢 遾遾遾欲〔一九〕近皃 ○䭕𩟧子冉切嘗食也一曰䭕𩟧味醨或从漸文六 𪏸色弱 膱羮也 膱

〔二〇〕出丹 瀆
〔二四〕闞
〔二五〕夾 〔二六〕褏 〔二七〕弘
〔二八〕國號

笑皃 悏悏悏恨也 ○漸疾染切說文水名川片〔二〇〕陽黟南蠻中東入海一曰清也文十八 槧說文牘樸也 𧽒走進也或書作趝 螹蟲名說文螹離也一曰魚名 鏨博雅鑴謂之鏨 錟〔二一〕長矛 餤火行微也 磛磛礹〔二二〕石皃 饞小食 蔪𧅉說文艸相蔪苞引書艸木蔪苞或从槧〔二三〕 𨢿說文闞〔二四〕一曰醬也一曰𨢿𩟧味醨 剡銳上也 鏩鏩鏩銳進皃 蘄〔二五〕麥秀皃 𢫬取也 摲除也 嶄嶄巖山高皃或書作嶃 ○閃失冉切說文闚頭門中也从人在門中文十六 潣濁流皃或作澗 睒 睫說文暫視也或作睫通作䀹〔二六〕 覢說文〔二七〕暫見也引公羊傳覢然公子陽生 𧨝誘言 夾〔二五〕說文盜竊褏〔二六〕物也从亦有所持俗謂蔽人俾夾是也 㨛疾動皃 陝說文弘〔二七〕農陝也古〔二八〕虢

【二九】妓　【三一】敿　【三三】扤　【三五】荏「一」

國王季之子所封也 嫈 說文不媚前却嫈嫈也 妓【三三】 敿妓舉手皃 睒 睒睒目皃
淰 淰 淰躍踊逸也或作淰 貟【三〇】 狄姓 ○颭 職琰切風動物也文四 趝 前趨
皃 敿【三二】 敿妓舉手皃 拈 拈【三三】也 ○剡 時染切縣名在會稽文三 簷 竹名 黮
黑甚也 ○冄 冉 而琰切【三三】說文毛冄冄也象形或作冄又姓文十五 姌 姌 說文
姌弱長皃或作姌 䎃 羽皃 染 說文以繒染爲色又姓 𩅾 【三四】說文濡也 媣 媣
說文諟也一曰媞也或省 䑙 說文闕一曰饏【三五】味醨一曰醬也 鉮 鐵也 呥 噍皃
苒 艸盛皃一曰姓【三六】苒柔木【三七】 䇦 竹弱 柟 木名梅也 ○摲 山儉切博雅次
也【三八】文 ○讇 諂 丑琰切說文諛也或省文四 覘 視也 婄 婄陵女志前却

集韻上聲六　三

【三七】樈　【三八】厓　【三九】濂　【四〇】犬　【四一】／羊　【四三】𥈿　【四四】顩　【四五】未飲

○斂 力冉切說文收也文十三 𩟗 廉食 撿 說文拱也 𦃇 方言【三七】所以縣樈關西
謂之𦃇一曰索也 嬚 女字 瀲 澰 瀲灩水溢皃或省 隒 里【三八】也爾雅重甗隒 濂【三九】
廣雅漬也一曰水其薄者濂 薟 蘞 艸名說文白蘞也或从斂 獫 大【四〇】長喙【四一】諸 羷 字林
角【四二】三觠爲羷 ○險 嶮 虛檢切說文阻難也或从山文十 譣 憸 廣雅詖也或从心
羷 爾雅羊角三觠羷 㛮 性不端良謂之㛮姱 韽 胡被謂之韽 玁 周謂北夷
曰玁狁通作獫 獫 說文長喙犬一曰黑犬黃頭 𣓎 𥈿【四三】𣓎蔭也 ○顩 𩓥 預 丘檢
切顩【四四】顩面不平也或作𩓥預文十一 鼸 鼠屬說文鼸也 嵰 山高皃 歁 意不掩也 隒
屋也 閹 門屋 𩟗 食末【四五】飲 欽 笑也 笶【四六】 小竹 ○檢 居奄切說文書署也一曰

〔四七〕尾　〔四八〕褎
〔四九〕歧　〔五〇〕瞼
〔五二〕隒
〔五三〕寑
〔五四〕取
〔五五〕旝　〔五六〕罔
〔五七〕闇　〔五八〕女有
〔五九〕愛　〔六〇〕晻

俗謂燕尾〔四七〕今世書褎〔四八〕簽下或作岐〔四九〕文九　撿儉東也或作儉　臉頰也　瞼眼臉〔五〇〕
也　險〔五一〕字林山形似重甑　黬黔黑也或作黔　贛贛榆縣名在東海　○儉
險㑒巨險切說文約也或作險古作㑒文四　芡說文雞頭也　○奄衣檢
切說文覆也大有餘也一曰欠也同也从大从申申展也亦姓文三十七　弇〔五二〕穽寑〔五三〕說文
蓋也古作穽寑　掩說文斂也小上曰掩一曰撫也止也　揜說文自關以東謂反〔五四〕曰揜一曰
覆也　旝〔五五〕覆車〔五六〕　旛旐旗〔五七〕皃　罯罜也所以罔魚　裺說文褗謂之裺　腌
屋檐耑版也　闇闇闉宮中守門者通作奄　嬐說文〔五八〕心嬐嬐也　䣍說文周公
所誅䣍國在魯　俺倂博雅愛〔五九〕也或作倂　晻〔六〇〕日無光也　渰䨄說文雲雨皃或

〔六一〕榛　〔六二〕殗　〔六三〕瘞
〔六四〕藹　〔六五〕𨓍
〔六六〕棭
〔七〇〕嘗
〔七一〕羹
〔一〕忝
〔二〕銛
〔三〕尧

作䨄　碒山巖也　黭果實黑壞也　媕誣拏也　崦嵃崦嵫山名日所入或从弇
淹水涯也一曰繅絲出緒也　棭博雅棭檻榛〔六一〕也　殗〔六二〕也瘞〔六三〕　馣馣馤香氣通作淹〔六五〕
菴菴藹〔六四〕木茂皃〔六六〕　埯土覆謂之埯　嬒美也　黤黑青也　𨓍踚
跛也或从足　裺襛也　稖禾不實也　錎〔六七〕椎〔六八〕也　○嚵〔六九〕士冉切博雅嘗〔七〇〕也文二
瀺瀺灂魚鳥沈浮皃　○醶醦初斂切酢皃或作醦文三　臓羹〔七一〕也　○黵
止染切黑污也文三　攕攕敹舉手皃　趝趝趝疾趨
五十一　○忝忝〔一〕他點切說文辱也古作忝文十三　栝鄉名在濟北蛇丘
餂〔二〕取也孟子是以言餂之　銛博雅銛鉀謂之銛一曰取也　銛光〔三〕欿　桰栝木杖也一

[四]栝

[五]灛

[七]稻　[八]苽也

曰炊竈[四]木或作括悿弱也嫸婦人細長皃婖女字阩亭名在京兆西
無先也○點多忝切說文小黑也文八者廣雅老也一說老人面如黑點玷玉瑕
鉆器鈌⿰占刂刀缺一曰斫也蒧闕人名夫子弟子曾蒧通作點怗博雅靜也一曰
服也⿰女占女字○簟徒點切竹席文八⿱竹潭[五]簟灩水滿也扂[六]非戶牡或作
非橝屋梠驔說文驪馬黃脊也⿰禾覃⿰禾覃穇穀名蕈桑䔼○稴盧忝
切稻[七]不黏也文四溓恬靖皃一曰小水⿰兼瓜廣雅瓜[八]其子謂之⿰兼瓜溓[九]薄[一〇]冰○淰
乃玷切說文濁也文九嫸說文下志貪頑也阩亭名在鄭姌纖細也黬
點黬艸書勢笲竹弱皃湆消也⿰舟占劣也痁病也○鼸下忝切鼠

[一三]薄

[一五]忝

[一六]嚴

[二二]庋　[二三]厂刺

名文三嗛鳥獸頰貯食⿰犭兼犬吠也○歉⿰食兼苦簟切食不飽也一曰不
足皃或作⿰食兼通作嗛文六慊恨也一曰不滿也一曰愜也嗛鳥獸頰貯食膁
馬腹旁謙安靜皃禮記此之謂自謙○⿰女監[一一]兼忝切竦身皃文二鐮博雅所也
○憯此忝切痛也文一○僭子忝切差也[一二]文一○溓變玷切溓溓輕[一三]薄皃
文二帴帬幅也○⿱丙夊⿱囟夊[一四]美忝切腦蓋也或作⿱囟夊文二
五十二○儼[一五]嚴曮嚴[一六]魚檢切說文昂頭一曰好皃一曰恭也或作嚴
曮古作嚴文二十一[一七]顩[一八]說文䶫皃曮日躔謂之曮嬒[一九]含怒也嬐[二〇]敏疾
也⿰女广婦人齊整皃通作嬐广[二二]說文因广爲屋象對刺高屋之形隒[二三]說文崖也

〔一〕嶮高峻皃 伒俨俺伒癡也或作俨 礹磛礹山石皃 噞〔二〕說文噞喁

魚口上見也〔三〕 鹼魚名 㢛峻也 嬐好皃 厱厓岸危也 顩顩顩面不平

○貶驗辨悲檢切說文損也或作驗辨文六 导說文傾覆也从寸臼覆之寸人

手也从巢省杜林說以爲貶損之貶 疺病也 窆葬下棺也 ○拈章貶切服也文

一〔四〕○欲口广切笑也文二 顩顩顩醜也 ○埯倚〔〕切土覆也文一 ○險

希埯切峻也文一

五十三 ○豏下斬切豆半生也文十 糂博雅耗也禮以塗也 減減爲文

㺂博雅健也 獫說文犬吠不止也一曰兩犬爭 喊喊怒聲或省 轗車聲 顩

集韻上聲六　三七

〔一〕臼 巃

〔二〕扎

〔三〕也

〔四〕掩

乾瓦屋也 艦船名 ○欲火斬切笑也文三 喊聲也 諴廣雅詧也 ○槏

〔一〕㡘槏口減切說文戶也一曰牖邊柱謂之槏或作㡘槏文十三 橄橄欖果名 顲醜皃

慽傶意不安也或从人 歉不飽也 䁍博雅陷〔二〕也 撖挂〔三〕也危也 䈴竹名

嵰山〔四〕皃 䡖車聲 ○減咸古斬切說文損也或作咸又姓一曰減水名出番條山文

十一 椷篋也 𥳍箴竹名或省 鹼鹻䶠鹹也或从兼亦作䶠 葴〔五〕州名

寒蔣也 鰔魚名 䊞博雅塗也 ○黯乙減切說文深黑也文十一 闇隱暗也禮

君子之道闇然日章 㪋弇也 黶厭闕人名晉有欒黶或作厭 黬直聚氣也 䤃

䤃醦〔六〕戚容 黤青黑皃 𪐢忘也 㺂〔七〕小犬吠也 黚黚黮果實黑壞 ○摻所斬切博

集韻上聲六　三六

〔二〕陷　〔三〕挂

〔四〕高峻

〔五〕葴漿

〔六〕感　〔七〕吠

雅取也一曰執也文十一摰博雅次也一曰取也摲芟也禮有摲而播醦博雅酢也

㺑說文犬容頭進也一曰賊也鬖亂髮也嘇唅嘇物在口中蔘葦初生者毿

擊也險艱難也蔪芟艸木也○膱楚減切膁膱以猪腸[九]脩椒芥醢鹽爲之文二䤐

說文酢也○斬阻減切說文截也从車从斤斬法車裂也文二蔪刈也○瀺士減切瀺

灂水聲文十嶃巉磛高峻皃或从毚亦作磛劖斷也嚵小飲儳不齊

也𡓗兆名摲除也𢷬取也○僴丑減切癡也文三跈踸跈踔行不

進皃或作踸○湛𣽍丈減切說文没也一曰湛水豫州浸又姓古作𣽍文五偡

齊進謂之偡一曰偡偡齊整也𤸬方言病也黮黔黮果實黑皃○臉兩減切臉膁羹屬文

〔八〕疾　〔九〕嘇

〔一〇〕腸

〔一一〕瀺

〔一四〕皃

〔一五〕𣽍

三溓味薄也醶醶䤐酢味○囡女減切縮取物也文六𣐈木名𦯊艸名

罱魚網或从銜淰水無波也○𪉅竹減切鹹也文一○𩕊五減切面

長皃文一

五十四○檻戶黤切說文櫳也一曰圈文二十艦戰船四方施板以禦矢狀

如牢𤢽犬獟謂之𤢽轞車聲通作檻䡷載囚車通作檻橄姓也出河內濫

瀐爾雅濫泉正出郭璞曰正出涌出也或作瀐通作檻𦉜陶器壏𡒄堅土也或作𡒄

㯺博雅穀檻饘也或作𩥂𠟋利也瀩懸水皃𩧃馬走皃𢢞健也

啗啗嘇物在口中也莕荇水艸或作荇○闞虎檻切虎聲文三𢓭

〔一二〕黤　〔一三〕櫳

〔一四〕撖

〔一六〕荇

〔一七〕闞

〔二〕范

〔三〕軓

〔四〕軋 〔五〕較 〔六〕模

〔八〕蹋跧 〔九〕盂 〔十〕候

說文小犬吠南陽新亭有黴鄉黴開皃 ○淰奴檻切水無波也文一 ○黤倚檻切說文青黑也文二 黬說文黬者忘而息也 ○醶楚檻切博雅酢也文一 ○摲山檻切取也文二 㺑𤢄㺑犬聲 ○嵁仕檻切高皃文二 㺑犬齧皃 ○摻素檻切方言細也文一

五十五 ○范〔二〕父鋄切說文艸也又姓文八 䖯蟲名博雅〔三〕蠭也通作范 笵說文法也从竹竹簡書也古法有竹刑通作範范 軓軋說文車軾前也引周禮立當前軓或作軋〔四〕 範說文〔五〕範較〔六〕也一曰模也 犯𢓊說文侵也古作𢓊 ○㒣丑犯切癡也文二 蹋〔八〕跧足望也 ○槏胡犯切盂〔九〕也文一 ○釩峯范切器也文二 𨀛候〔十〕也 ○腇

〔十一〕腇

〔十二〕㕙文 〔十三〕黲

〔十四〕极範

補范切河東謂腫爲腇〔十一〕文三 貶損也 覂博雅棄也 ○鋄錽亡范切馬首飾或从乏文五 㕙〔十二〕說文㕙蓋也象皮包覆㕙下有兩臂而夂在下 黲〔十三〕闇行也 鋑刃也〔十四〕 ○凵口犯切說文張口也象形文二 𢪏取也 ○冂五犯切凵冂張口文一 ○拑扱范切脅持也文一

集韻卷之六